LA PERRA
PILAR QUINTANA

雌犬

〔哥伦比亚〕皮拉尔·金塔纳 著
陈超慧 译

La Perra

Pilar Quintana

南海出版公司

新经典文化股份有限公司
www.readinglife.com
出　品

目录

Contents

雌犬

“今天早上我发现它在那儿，四脚朝天。”埃罗迪亚夫人指着海滩上的某个地方说，那里堆着很多被海浪冲过来或翻搅出的垃圾，有树干、塑料袋和瓶子。

“被毒死了？”

“我想是的。”

“怎么处理它的？埋了吗？”

埃罗迪亚夫人点了点头：

“我的孙子们埋的。”

“埋在山上的墓地？”

“不，就埋在海滩上。”

村里有很多狗都被毒死了。有人说是被人故意杀掉的，但达玛丽斯不相信谁能做出这样的事情。她觉得那些狗可能误吃了老鼠药，或者中毒的老鼠，它们中毒后很好捉。

“我很遗憾。”达玛丽斯说。

埃罗迪亚夫人只是点了点头。她养那只狗很长时间了，一只黑色的母狗，整天趴在海滩饭馆周围，和她形影不离。无论埃罗迪亚夫人去教堂、儿媳妇家，还是商店或码头，那只狗都跟在她身后。她一定很伤心，只是没有表现出来。她用注射器把碗里的牛奶喂给一只小狗，喂完放下，又抓起另一只。一共有十只，它们都太小，小得连眼睛还没睁开。

“它们出生才六天，”埃罗迪亚夫人说，“看样子活不下去了。”

自达玛丽斯记事起，埃罗迪亚夫人就是个老太太的样子了。她戴着一副眼镜，厚厚的镜片使她的眼睛看起来很古怪。她腰身臃肿，行动缓慢，少言寡语，即使在饭馆最繁忙的时候，店里有醉汉和小孩子在桌子间跑来跑去，她也能保持镇静。但这时的她却显得疲惫不堪。

“你为什么不把它们送人呢？”达玛丽斯说。

“有人领走了一只，但再没人想要这么小的狗了。”

这时是淡季，饭馆没有在沙滩上摆桌子，没有音乐，也没有游客，什么都没有，只有一片此刻显得巨大的空荡，包围着坐在长椅上的埃罗迪亚夫人和纸箱中的十只小狗。达玛丽斯仔细地看了一遍，选中了其中一只。

“我可以带走那个小家伙吗？”她说。

埃罗迪亚夫人将刚喂完的小狗放进纸箱，拿出达玛丽斯指的那只，一只灰色的小狗，耳朵耷拉着。她朝屁股看了看。

“是只母的。”她说。

※

退潮时，海滩变得无边无际，空旷的地面覆盖着烂泥似的黑色沙子。涨潮时，海水淹没整个沙滩，海浪从丛林中带来了棍子、树枝、种子和枯叶，再把它们和人造的垃圾搅在一起。达玛丽斯刚从邻村探望舅妈回来，那个村子地势较高、地面坚实，在军用机场的另一头，那里更加现代化，有钢筋水泥建成的酒店和餐厅。看到埃罗迪亚夫人和那些小狗时，出于好奇，她停了下来。现在，她要回海滩另一边自己的家了。因为没地方放小狗，她便把它抱在怀里。小家伙在她手里正合适，散发着奶香味，她心中涌起一股紧紧抱住它哭泣的强烈冲动。

达玛丽斯所住的村子是一条铺满沙子的长街，两边立着房子。所有的房子都破败不堪，木桩撑着地板，高出地面，墙壁是木板做的，黑色的屋顶发了霉。达玛丽斯有点担心，不知道罗赫略看见这只小母狗会有什么反应。罗赫略不喜欢狗，他养狗只是为了看家。他现在养了三只狗：大危、二蝇和小榄。

年纪最大的大危看起来很像军官们用来检查小船和旅客行李的拉布拉多犬，但它的头又大又方，倒像邻村皇家太平洋酒店中的那些斗牛犬。大危是已故的乔苏家里的一只母狗生的——乔苏是真的爱狗，他养狗也是为了看家，但他爱护它们，还训练它们和他一起去打猎。

罗赫略说，有一天他去探望乔苏时，一只不满两个月的小狗从窝里跑了出来，冲着他叫。他想，这就是他需要的狗。乔苏将这小狗送给他，罗赫略给它取名大危，意思是“危险”。大危长大后，不负期待地成了一只占有欲很强的凶猛的狗。罗赫略每次谈起大危时，看起来像是很看重、赞赏它，但实际上他只会吓唬它，朝它大叫“去”，举起手掌让它记起自己从前挨过的打。

二蝇还是小狗崽儿时的日子显然并不好过。它又小又瘦，瑟瑟发抖。一天，它突然出现在家里，而大危接纳了它，它就这样留了下来。它来的时候尾巴上有伤，没过几天，伤口就感染了。等到罗赫略和达玛丽斯发现时，伤口已经爬满蛆虫，达玛丽斯似乎还看见一只完全成形的苍蝇从伤口里飞了出来。

“你瞧见了吗?！”她说。

罗赫略什么都没看到。达玛丽斯告诉他后，他哈哈大笑，说终于为这小家伙找到了合适的名字。

“二蝇，别动，你这婊子养的。”罗赫略命令道。

他抓住狗尾巴尖，举起砍刀，还没等达玛丽斯反应过来，就一刀把它砍断了。二蝇嚎叫着跑了出去，达玛丽斯吓坏了，惊恐地看着罗赫略。他手中还拿着那条爬满蛆虫的狗尾巴，耸了耸肩，说他这么做只是为了不让其他地方也感染。但达玛丽斯总觉得他打心底里享受这么做。

最小的小榄是大危和邻居家的狗生的，那是只巧克力色的拉布拉多，据说是纯种的。小榄长得很像大危，但它的毛更长，颜色更浅。小榄是三只狗里最不亲人的。三只狗都很怕罗赫略，也都对人很警惕，但小榄不和任何人亲近，甚至不在人前吃饭。达玛丽斯知道，这是因为罗赫略总会趁它们吃饭时悄悄走到它们背后，用他专门打狗的竹鞭打它们，有时是因为它们做了错事，有时只是为了取乐。但小榄也不可信，它会不声不响地从背后咬人。

达玛丽斯对自己说，小母狗的生活会和其他三只狗的不一样。这是她的狗，她不会让罗赫略那样对待它，甚至不会让罗赫略冲它摆脸色。达玛丽斯想着，走进了海梅先生的店里，她把怀里的小狗给他看。

“这个小家伙。”他说。

海梅先生的店里只有一个柜台和一面墙，但货物却很丰富，从食物到钉子和螺丝都有。海梅先生来自中部，身无分文地来到这里。他到这儿的时候，人们正在建海军基地，他和村里一个比他还穷的女人在一起了。有些人说他们的生活好转是因为用了巫术，达玛丽斯却认为那是因为海梅先生是个勤劳善良的好人。

那天，海梅先生赊给她够吃一周的蔬菜、第二天早餐的面包、一袋奶粉和一个喂小狗用的注射器，他还送了她一个纸箱。

※

罗赫略是个身材高大、满身肌肉的黑人，整天红着脸，好像要发怒似的。达玛丽斯带着小狗回到家的时候，他正在外面清理割草机的马达，甚至没跟达玛丽斯打招呼。

“又一只狗？”他说，“你可别指望我会照顾它。”

“谁求你了吗？”她反驳道，径直走向茅屋。

海梅先生给的注射器没什么用。达玛丽斯的手臂粗壮而笨拙，手指和身体其他部位一样胖。每次她把注射器的活塞推到最底，里面的牛奶就会喷到小狗的脸上，洒得到处都是。小狗还不会舔食，她没法把牛奶放在碗里喂它，村里卖的奶瓶都是给婴儿用的，对小狗来说太大了。海梅先生建议她用滴管，她也试过了，但这么一滴一滴地喂，小狗永远都填不饱肚子。后来，达玛丽斯想到可以把面包泡在牛奶里让小狗吮着吃。这是个好办法，它把整块面包都吃完了。

他们住的茅屋不在沙滩上，而是在一片被丛林覆盖的悬崖上。城里来的白人都在那儿建房子，又大又漂亮的度假屋，有花园、石头铺成的走道和泳池。从那儿到村里去，首先要走下一段又长又陡的台阶。因为雨水很多，必须经常将台阶上的苔藓擦掉，以免滑倒。接着要穿过一片宽阔的海湾，海水如河流般湍急，随着潮汐涨落。

那些天，早上海浪就很高了。为了给小狗买面包，达玛丽斯得起个大早，扛着船桨走下悬崖的台阶，将小船从停靠的地方推到水里，划到对岸，绑在一棵棕榈树上，扛着船桨走到附近的渔夫家里，拜托他或者他的妻子或者孩子们帮忙保管船桨，听听他们的抱怨或者邻居的闲话，步行穿过大半个村子到海梅先生的店里。回家的路上也是一样。不管刮风下雨，她每天都会去买面包。

白天，达玛丽斯会把小狗揣在怀里，用自己丰满柔软的胸脯温暖它。晚上，她就把它放在海梅先生送的纸箱里，箱里放一瓶热水和她当天穿过的T恤，好让小狗熟悉她的味道。

他们住的茅屋是木头搭的，非常简陋。暴风雨来袭时，茅屋在雷声与狂风中晃动，雨水从屋顶的破洞和木板墙的缝隙渗进屋里，屋子变得又冷又潮湿，小狗就会发出声声呜咽。达玛丽斯和罗赫略早就分房睡了，在这样的夜里，达玛丽斯会在罗赫略发话或者有所动作前就起身，抱起纸箱里的小狗，在黑暗中陪着它，抚摸它，直到它不再叫为止。小狗被电闪雷鸣和狂风吓坏了，觉得自己是那么渺小，就像大海中的一粒沙子般微不足道。

白天，达玛丽斯也会抚摸它。干完上午的活、吃过午饭后，下午达玛丽斯会坐在塑料椅子上看电视剧，小狗就趴在她的膝盖上。如果罗赫略在，他会看着她用手指轻轻地抚摸小狗的背部，但他什么也不会做，什么也不会说。

※

卢兹米拉倒是在来看他们的时候评论了一番，即便那天达玛丽斯一直忍着，将小狗留在纸箱里，没有抱在怀里。卢兹米拉和罗赫略不同，她不会伤害动物，但她不喜欢它们。她就是那样的人，只能看到事物不好的一面，无时无刻不在批评别人。

卢兹米拉在的时候，小母狗一直在睡觉。它醒来后，达玛丽斯给它喂吃的，放它到草地上大小便。它醒了两次，每次达玛丽斯都喂了它，抱它到草地上。雨从前一天晚上下到当天早上，草地湿漉漉的。达玛丽斯并不想让卢兹米拉看见这只小狗，甚至不想让她知道她在养狗，但她又不能让小狗饿着肚子或者把家里弄脏。天空和大海仿佛一片灰色的污渍，空气潮湿得似乎鱼儿离开水也能游动。达玛丽斯想用毛巾擦干它的爪子，用双手搓暖它的身体再把它放回纸箱。但她忍住了，因为卢兹米拉一直嫌弃地看着她。

“你老这么摸它，会把它弄死的。”她说。

达玛丽斯被这话刺伤了，但她什么也没说。不值得为这吵一架。卢兹米拉又一脸厌恶地问它叫什么名字，达玛丽斯只好回答说，绮里。卢兹米拉和达玛丽斯是表姐妹，从小一起长大，对彼此再了解不过。

“绮里？那个选美冠军？”卢兹米拉笑了，“这不是你打算给女儿取的名字吗？”

达玛丽斯一直没有孩子。她十八岁就和罗赫略在一起了，两年后，人们开始说“你们打算什么时候要孩子？”“你们年纪不小啦”之类的话。他们并没有避孕，而从那时起，达玛丽斯开始喝一种用山上的草药——玛丽亚草和圣灵草——做成的药茶，因为她听说它们对怀孕有帮助。

那时，他们还住在村里一间租来的房子里。她去悬崖上采草药的事，并没有获得庄园主人的许可。虽然心里有点自责，但她又觉得这是她自己的事，与别人无关。

罗赫略出门打猎或捕鱼时，她就偷偷煎药喝下。

罗赫略开始疑心达玛丽斯在偷偷摸摸地搞什么名堂，于是他像跟踪猎物一样，悄悄跟在达玛丽斯身后。看见草药时，他以为她在施什么巫术，怒气冲冲地上前质问她。

“这些鬼东西到底是干什么用的?！”他问，“你想干什么？”

天正下着毛毛雨，他们在丛林深处。为了架设电缆，这个地方的树都被砍光了。地上还留着腐烂的树桩，像墓园里无人打理的墓碑。罗赫略穿着雨鞋，她赤着脚，脚上都是泥。达玛丽斯低下头，低声说出了实话。他沉默了好一会儿。

“我是你的丈夫，”最后他说，“我们一起面对这件事。”

从那之后，他们一起采草药，一起煎药。晚上，他们会讨论给孩子起什么名字。两个人没法达成一致，于是决定他取男孩的名字，她取女孩的名字。他们想要四个孩子，最好是两男两女。但又过了两年，他们不得不对旁人解释，他们没有孩子，是因为达玛丽斯一直没有怀孕。人们开始对这个话题避而不谈，吉尔玛舅妈建议达玛丽斯去桑托斯那里瞧瞧。

虽然名字像个男人，但桑托斯是个女人，她的母亲是一个来自乔科的黑人，父亲是南圣胡安的土著。她了解草药，懂推拿，还会用神秘的方法——吟诵和祈祷——治病。她使出浑身本领治疗达玛丽斯都没有奏效，便说问题一定出在她丈夫身上，让她把丈夫叫来。虽然罗赫略很不自在，但还是喝下了所有的汤药，做了必要的祈祷，忍受桑托斯在他身上做的所有推拿。时间久了，眼看着达玛丽斯的肚子并没有大起来，罗赫略越来越抗拒，有一天，他说他不会再去桑托斯那儿了。达玛丽斯认为罗赫略这是有意针对自己，于是不再和他说话。

他们还是住在一起，睡在同一张床上，但三个月来两人都不理睬对方。一天晚上，喝得半醉的罗赫略回到家里，告诉达玛丽斯他也想要孩子，只是不想再用桑托斯的那些狗屁草药、推拿和祈祷了。他说，如果她还想要孩子，他也会继续努力尝试的。当时，他们住在一栋大房子后的储物间里。很多年前，那曾是村里最好的房子，但现在已经变得破旧不堪，满是白蚁和灰尘。他们住的储物间只放得下一张床、一台旧式电视机和一台带两个灶头的煤气炉。但窗户是朝海的。

达玛丽斯在窗边坐了好一会儿，感受着铁锈味的海风轻抚过脸庞。罗赫略脱了衣服躺在床上，她关上窗户，躺在他身旁，抚摸他的身体。那天晚上，他们做爱时没有想着要孩子，他们什么都没想，之后也不再谈论这件事。只是当听说认识的人怀孕，或者村里有孩子出生时，她总会在他睡着后紧闭双眼，紧握双拳，静静地流泪。

达玛丽斯满三十岁时，他们的经济情况有所好转，搬到了同一栋房子稍大一点的房间里。她在悬崖上的那家人——罗莎夫人家里工作，有固定的工资。罗赫略搭一条叫“风潮”的大船出海捕鱼，这种船装得下好几吨的鱼，可以在海上航行好几天。有一次，罗赫略和另一个渔夫捕到了三条石斑鱼和许多锯鳐，还发现了一群笛鲷，最后他们捕了将近一吨半的鱼，每人都分到了一大笔钱。他想用这笔钱买一个新的流刺网和一套带有四个喇叭的大音响。达玛丽斯想了很久，要怎么告诉他自己还是想要孩子，她想继续尝试其他方法，无论付出什么代价。

吉尔玛舅妈告诉她，一个比她年纪还大、约莫三十八岁的女人成功怀孕了，邻村一个有名的土著巫医用召灵术让她生了一个漂亮可爱的孩子。巫医的诊金很高，但他们的积蓄应该够她开始接受治疗，之后怎么样就再看吧。那天晚上，当罗赫略说第二天要去布埃纳文图拉买音响时，达玛丽斯哭了。

“我不想要音响，”她说，“我想要个孩子。”

她哭着告诉他那个三十八岁女人的故事，告诉他自己在夜晚默默流了多少泪，告诉他眼看着别人都有孩子，没有孩子的自己有多难受。她说，每次看到孕妇、小婴儿或带着孩子的夫妇，都觉得心头像被捅了一刀。她多么渴望一个孩子，一个可以让她抱在怀里的孩子，而看见自己准时到来的月经时，她只觉得失望。罗赫略静静地听她说完，将她拥入怀里。他们躺在床上，紧紧地拥抱对方，就这么睡着了。

巫医花了好长时间检查达玛丽斯的身体。他让她喝药、沐浴，为她举行了一系列仪式：涂油、按摩、熏香、祈祷、吟诵。接着又让罗赫略做一样的事，罗赫略这次听话地接受了。这些只是准备，真正的治疗是在达玛丽斯身上“动手术”，不需要动刀子，只是将她的卵子和罗赫略精子的通道清理干净，让她的身体为受孕做准备。他们攒了一年的钱，才付得起治疗费。

手术是在一天夜里进行的。诊所是个茅草屋顶的小房子，建在高高的木桩子上，非常简陋，要穿过邻村才能走到。四周山上的树木都被砍光了，显得一片荒芜。山里蚊子很多，野草丛生，蒲苇和蕨类层层叠叠。达玛丽斯和罗赫略在小屋外分开，因为在手术期间，除了她和巫医，其他人都不能进去。

屋里只剩他们两人，巫医先给她喝了一碗深色的苦药，然后让她躺在地上的一张床垫上。她穿着及膝紧身裤和短袖衬衫，一躺下就被一大群蚊子围困，它们不叮巫医，却咬得她浑身发痒，连耳朵和头皮都不放过，穿着衣服也没用。接着，蚊子突然消失了，达玛丽斯听到远处传来了猫头鹰的叫声，叫声越来越近，越来越响，直到她耳边只剩鸟叫声，她睡着了。

她睡得很沉。第二天醒来的时候，身上的衣服是完好的。她的背和往常一样有点痛，身体没有感觉到有任何不同。罗赫略在屋外等她，带她回家。

那个月达玛丽斯甚至连月经都没延迟，巫医告诉他们，他已经无能为力了。在某种程度上，这让他们松了一口气，因为做爱对他们来说已经成了一种负担。他们不再做爱了，一开始可能只是想休息，达玛丽斯确实松了一口气，但同时也觉得沮丧、无能，有种作为女人的羞耻感，似乎自己是自然进化的残次品。

那时，他们已经搬到悬崖上了。他们的茅屋有一个小客厅，两个狭小的房间，一个没有淋浴的卫生间，一个没有洗碗池但放得下煤气炉的灶台。但他们更喜欢在外面的凉棚里做饭，凉棚很宽敞，有个很大的洗碗池，还有一个柴火灶，可以省下煤气费。屋子很小，不用两个小时，达玛丽斯就能将它里里外外打扫干净。但那段时间她全心投入家务，花了一个星期才把房子收拾好。她擦洗了墙壁和木地板，用小牙刷把木板缝隙里的污垢刷得干干净净，用钉子把木板上的小洞和缝隙抠干净，用蘸着肥皂水的海绵清洗屋顶的铝片。她爬到塑料椅子、灶台和抽水马桶上才够得着天花板，她的重量压碎了陶瓷做的马桶，他们只好攒钱换个新的。

两个月后，罗赫略想和达玛丽斯亲热，她拒绝了。第二晚也一样。就这样过了一个星期，罗赫略也不再坚持了。达玛丽斯很高兴。她已经不再指望怀上孩子，也不再因为月经而烦恼。但罗赫略不知因为苦涩还是生气，开始为踩破了马桶埋怨她；每当她摔碎什么——盘子、水瓶、杯子，这种事时有发生，他就对她冷嘲热讽。“笨手笨脚的，”他说，“你以为盘子是木头做的？”“下次再摔碎东西，我就要你付钱了，听到没？”一天晚上，达玛丽斯借口他打鼾吵得她睡不着，搬去了另外一个房间，再也没回来过。

现在，达玛丽斯快四十岁了，她听埃利克舅舅说过，这是女人干枯的年纪。前几天，就是她收养小狗的那一天，卢兹米拉帮她拉直了头发。在给她的头发上药水时，卢兹米拉感叹说，达玛丽斯的皮肤真好，既没有斑点，也没有皱纹。

“你瞧我这脸，”她说，然后又解释似的说道，“不过也难怪，毕竟你没有生过孩子。”

卢兹米拉并没有什么坏心思，只是想夸她皮肤好，但这话让达玛丽斯很难受。她意识到，她的表妹，以及其他所有人，都认定她不会有孩子了。她知道这是事实，但她就是无法接受。

她的表妹三十七岁，有两个女儿和两个外孙女。听了她的话，达玛丽斯真想像电视剧的主人公一样，歇斯底里、双眼含泪地说“对，我叫她绮里，是我从未出生的女儿的名字”，好让表妹为自己的残忍懊悔。但她克制住，什么也没说。达玛丽斯将小狗抱回纸箱，问表妹这星期有没有和她的父亲埃利克舅舅通过电话，他住在南边，最近身体不太好。

※

有时候，达玛丽斯会趁着下山去村里，到埃罗迪亚夫人家打听那些小狗的情况。埃罗迪亚夫人自己留了一只，养在店里的纸箱里，一直用注射器喂食。她将其余的小狗分给村里和邻村的熟人，但它们却接连死去了。一只是被新家的狗咬死的，另外七只怎么死的没人知道。达玛丽斯努力说服自己，那是因为小狗太娇弱了，人们不懂得好好照顾它们，但卢兹米拉的话一遍遍在她脑海中回响："你老这么摸它，会把它弄死的。"她想，也许她也做错了，也许某天早上，她的小狗也会和它的兄弟姐妹一样，身体僵直地躺在纸箱里。

小狗满月时，一起出生的十一只狗只剩下了三只：达玛丽斯的、埃罗迪亚夫人的和希梅娜的。希梅娜住在邻村，约莫六十岁，以卖手工艺品为生。希梅娜的小狗活了下来，这让达玛丽斯很惊讶。她对希梅娜并不了解，但听说她生活得很糟糕。有一次，在鲸鱼节庆典[①]上，她看见她醉得站不起身来。还有一次，在一个星期天的上午，她看见希梅娜躺在邻村通往海滩的台阶上睡着了，烂醉如泥，衣服上沾着呕吐物。

① 海岸地区或海岛为鲸类的洄游而定期举行的庆祝节日。（本书注释均为编者所加。）

“我们的小狗活下来了，”埃罗迪亚夫人说，“如果以后它们死了，那就是别的原因了。”

达玛丽斯松了一口气，接着又感到庆幸，卢兹米拉说错了，不过她不会刻意去和她的表妹说她怎么不对。卢兹米拉总是很容易生气，总觉得别人说的每一句话都是在攻击她。她的小狗不久前刚睁开眼，现在可以自己去找食物，这证明她是对的。既然如此，又何必和表妹争吵呢？

达玛丽斯还是常把小狗抱在怀里，但它越来越重，所以在她怀里的时间也越来越短了。它学会了舔碗里的食物，会吃达玛丽斯为它准备的鱼汤，最近还开始像别的狗一样吃剩饭。达玛丽斯还教它到屋外拉屎撒尿。早上，达玛丽斯在凉棚里做饭，或者在茅屋里叠衣服时，它就在屋外玩耍。

在那之前，罗赫略没有管过这只小狗。但现在，小狗精力越来越充沛，到处跟着达玛丽斯，在她脚边跳来跳去，还会用锋利的牙齿咬其他狗的腿，这让达玛丽斯警觉起来。如果罗赫略想对它做什么，只要他敢举起手，她就会杀了他。然而，他只是对她说，是时候让小狗到屋外睡了，不然它会习惯和人一起住，还会弄坏大房子里的东西。

※

在七十年代之前，埃利克舅舅一直是悬崖上所有土地的主人，后来他将土地分为四块出售。达玛丽斯从小和舅舅生活在一起，因为那个让她母亲怀孕的男人——一个在当地服役的军人——在她母亲怀孕后抛弃了她，为了养活女儿，母亲只好去布埃纳文图拉的有钱人家里打工。她一有机会就寄钱回来，还会回来过圣诞节和复活节，有时还趁着长周末回来看他们。达玛丽斯就在埃利克舅舅和吉尔玛舅妈的土地上的一间茅屋里长大，现在那块地属于罗莎夫人，是他们卖掉的第一块地。接着他们把旁边的地卖给了一位来自亚美尼亚的工程师，之后是后面的那块，卖给了雷伊斯一家。

雷伊斯一家有三口人：路易斯·阿尔弗雷多先生来自

加利，现在住在波哥大；他的妻子埃尔维拉，她是波哥大本地人；以及他们的儿子小尼古拉斯。他们有一栋由铝板建成的大房子，那是当时最摩登的建筑材料。房子带有泳池和一个大凉棚，里面不但有洗碗池，还有一个可以用来炖汤、烤肉和开派对的柴火灶。另外还有一间供用人住的木屋。达玛丽斯一家搬到了那块还没卖掉的地上，就在雷伊斯家旁。他们一家总来这里度假，小尼古拉斯和达玛丽斯成了好朋友。他们同岁，且在同一天出生——一月一号——对于庆祝生日来说，并不是个好日子。

那时是十二月。村里还没通电，雪莉·萨恩斯[1]成为新晋哥伦比亚小姐，埃尔维拉夫人从波哥大带来了《克罗姆斯》杂志，达玛丽斯和卢兹米拉整天为杂志里萨恩斯的美貌惊叹。小尼古拉斯扮作探险家，在悬崖上进行徒步活动，达玛丽斯当向导，即使在白天，他们也带着手电筒。他们快八岁了。大多数时候，卢兹米拉会和他

① Shirley Sáenz，1977 年哥伦比亚小姐。

们一起去，但那天，因为他们不让她走在探险队伍的前面，她大发脾气，把防蛇的棍子扔在地上，怒气冲冲地回家了。

只有达玛丽斯和小尼古拉斯到达了目的地。那是悬崖下一个低矮的岩石岬，浪花舔舐着峭壁。一群切叶蚁排得整整齐齐，抬着树叶从树上爬下来，他们看呆了。切叶蚁又大又红，有坚硬的外壳，头上和背上长着锋利的刺儿。“它们好像披着盔甲。”小尼古拉斯说。接着他走到乱石边上，说他想感受被浪花打湿的感觉。达玛丽斯试图阻止他，说这样做有多危险，岩石很滑，大海又难以捉摸。但他没有理会她的话，走过去站到岩石上。一个猛烈的海浪随即撞碎在岩石上，将他卷走了。

那个画面深深地烙印在达玛丽斯的脑海里：一个高个子的白人男孩面朝大海站着，一朵白色的浪花打来，然后就什么都没有了，空空的岩石，远远望去似乎一片平静的碧绿海面。而她，就在那儿，那群切叶蚁旁，什么都做不了。

达玛丽斯只好独自返回，穿过那片看起来似乎比之前更茂密、更阴暗的丛林。她头顶上是连成一片的茂密树枝，脚下是交缠错节的树根。她的双脚陷入地面上厚厚的枯叶里，没入枯叶下的软泥中，她开始觉得耳边听到的不是自己的呼吸，而是这片丛林的呼吸；被卷进海里的也不是小尼古拉斯，而是她自己，她正在被这片满是蚂蚁和植物的绿色海洋淹没。她想逃跑，想迷失在这片丛林中，无声无息地被丛林吞没。她开始奔跑，踉踉跄跄地往前跑，摔倒了，爬起来又继续跑。

她回到雷伊斯家的庄园的时候，吉尔玛舅妈正在茅屋里和用人们聊天。听完达玛丽斯的话，吉尔玛舅妈没有责备她，接手了一切。她让用人们乘小船去找小尼古拉斯，接着去告诉埃尔维拉夫人发生了什么。路易斯·阿尔弗雷多先生出海钓鱼了，只有埃尔维拉夫人在家。吉尔玛舅妈走进屋子，达玛丽斯在外面的阳台上等着。没有风，树上的树叶纹丝不动，只有海浪的声音传来。达玛丽斯觉得时间似乎被拉长了，仿佛她会一直在那儿等着，直到长大成人，然后变老。

她们终于从屋子里出来了。埃尔维拉夫人像疯了一样。她喊叫着，啜泣着，在达玛丽斯面前蹲下，又站起来，在阳台上走来走去，挥动双手，问了一个又一个问题，然后又用不同的方式问相同的问题。达玛丽斯已经不记得她问了什么，但埃尔维拉夫人的脸一直刻在她的脑海里，还有她痛苦的眼神，那双蓝色的眼睛，里面的血管爆裂了，鲜血染红了眼白。

那天，人们一直寻找小尼古拉斯直到天黑，接下来的每一天继续不知疲倦地搜索。埃利克舅舅也去帮忙。下午，他带着坏消息回到家里，然后一个人坐在茅屋前的树桩上。达玛丽斯知道，埃利克舅舅这是在让她过去。她不想让怒火中烧的舅舅更加生气，立马走了过去。舅舅拿起一根结实而柔韧的番石榴树枝，抽打她的小腿。吉尔玛舅妈告诉她不要紧张，她的小腿绷得越紧，就会越痛。达玛丽斯想这么做，但恐惧和第一下抽打的响声让她全身都绷紧了，接下来的每一下都比之前更痛。她的小腿就像耶稣基督的后背。第一天，舅舅打了她一下，第二天两下。就这样，小尼古拉斯失踪的时间越长，她挨的打也越多。

在原本要打三十四下的那天，埃利克舅舅没有打她。三十四天过去了，大海交还了被卷走的人，这是时间最久的一次。阳光和海水的盐分令小尼古拉斯体无完肤，一部分身体被海鱼吃得只剩骨头，据当时在场的人说，他的身体都发臭了。

吉尔玛舅妈、卢兹米拉和达玛丽斯在悬崖上远远地看着。一个小小的男孩躺在沙子上，他的身体看起来似乎更小了。埃尔维拉夫人，她的头发是那么金光闪闪，她是那么瘦弱又美丽，她轻轻地将儿子从地上抱起，亲吻他的全身，仿佛他还像以前那么英俊。吉尔玛舅妈用胳膊搂住达玛丽斯，她再也忍不住，痛哭起来。那是她自悲剧发生以来第一次哭泣。

※

雷伊斯夫妇再也不来悬崖上的房子了，但他们也没有将它卖掉。埃利克舅舅将最后一块土地卖给了图卢亚姐妹，让人在村里建了一栋两层的房子，带着全家人和达玛丽斯的妈妈搬到了那儿。那时，达玛丽斯的妈妈已经不用在布埃纳文图拉工作了，他们的生活很不错。舅舅用之前卖地的钱在南部买了一块地，他与前妻的孩子们就住在那里。他还买了两艘船，租给出海捕鱼和钓鱼的人。很快，他成了当地有钱有势的人物，办过好几次盛大的派对，狂欢蔓延到街道上，持续了整个周末。他就这么把钱挥霍出去了。

埃利克舅舅最终债台高筑，为了还债，他不得不卖掉一艘船。厄运随之而来。第二年，另一艘船沉在了海里。几个月后，在圣诞派对上，一颗流弹击中了达玛丽斯妈妈的胸口。村里的医生束手无策，大家只能用小船将她送到布埃纳文图拉，但赶到医院时，她已经死了。将满十五岁的达玛丽斯取消了成人礼庆祝派对。她原本正和妈妈一起筹划准备，现在却只想一个人在房间里静静地哭泣。她和卢兹米拉同住，卢兹米拉坐在她身边的床上，给她编辫子，给她讲从村里听来的笑话，直到把她逗笑为止。

村里的人说，他们家接连遭受了那么多厄运，这很不寻常，一定是有心怀忌妒的人用巫术给他们下了诅咒。舅舅和舅妈很担心，找来了桑托斯，桑托斯给他们的房子和家里的每个人都驱了邪，但情况并没有好转。

之后，房子被海浪冲倒了。他们没有钱修复房子，一家人只能各散东西。那时，罗赫略已经带着他坏掉的渔船来村里了。在等待修理渔船所需的配件从布埃纳文图拉寄来期间，他会去喝点啤酒，看看村里的姑娘。一个星期天，他在沙滩上看见了达玛丽斯。渔船修好后，他辞了职，在村里租了间房子，达玛丽斯就和他住在一起了。埃利克舅舅和吉尔玛舅妈分开了。舅舅去了南方，和他的孩子们住在一起。舅妈在皇家太平洋酒店找了份当服务员的工作，和卢兹米拉搬去了邻村。

随着时间的流逝，雷伊斯家不再给庄园里的用人涨工资了，也不再寄来维护庄园需要的东西：清洁剂、肥料、上光用的蜡、杀虫剂、油漆、泳池清洁剂、油、割草机用的汽油、滤水器……大家这才发现他们家在波哥大的手提箱工厂破产了。用人们在内陆地区的一个庄园找到工作后都辞了职，只有乔苏答应照看房子。他刚到村里，没有妻儿，也没有什么可失去的。他的工资还不到最低工资的一半，但他靠钓鱼和打猎补贴家用。有一天，雷伊斯家不再给他发工资了，但他无处可去，只好继续留在庄园里。不久后，他在一次打猎中遭遇意外，被走火的猎枪打死了。

埃利克舅舅住在南部。吉尔玛舅妈中了风，说话很不清楚。卢兹米拉结了婚，刚在布埃纳文图拉生下第二个女儿。村里已经没有和雷伊斯家熟悉的人了，只有达玛丽斯能告知他们乔苏的死讯。

当时，村里还没有手机。电信公司的办公室在两个村庄之间，是附近为数不多的砖砌建筑之一。办公室只有一扇窗，天气热的时候，屋里比屋外更热，天气冷的时候，屋里比屋外更冷。达玛丽斯连加利都没去过，更别提波哥大了。她唯一熟悉的城市是布埃纳文图拉，那里没有高楼，坐船要一个小时才能到。她也不知道山里有多冷，但她在电视上看到过，也听别人说起过，在她的想象中，连续下一星期雨的波哥大就和这个办公室差不多：昏暗，有回声，能闻到潮湿的气味，像洞穴一样。

她给雷伊斯家打电话那天阳光很好，但天上云很多，整个村子闷热得像蒸笼一样。达玛丽斯在乔苏的记事本上找到电话号码，双手冒汗，几乎要把那张写着号码的小纸条浸湿了。她走进电话室，按下号码，等待电话接通的一秒钟是那么漫长。达玛丽斯听着电话里传来的嘀嘀声，心想，这响声的那一头是她不堪回首的过去，是一座她无法想象的怪物般的城市。她正要挂断时，一个男人接了电话。

“是路易斯·阿尔弗雷多先生吗？”

“是的。”

达玛丽斯想丢下电话逃走。

“我是达玛丽斯。”

听到她的名字后，路易斯·阿尔弗雷多先生沉默了，达玛丽斯默默忍受着电话中那可怕的寂静，一如忍受连续三十三个下午舅舅对她的鞭打。对于雷伊斯一家人来说，她就是一只象征厄运的乌鸦。接着，紧张的她努力告诉阿尔弗雷多先生发生了什么：两天前，悬崖上传来一声枪响。她丈夫和村里的其他男人上山去找乔苏，但在屋里和路上都没看到任何人影。第二天，兀鹫在悬崖上盘旋，带着人们找到了尸体。

“他自杀了。”路易斯·阿尔弗雷多先生惊讶地说。

“不，先生，我想不是这样的。上星期我还和他聊过天，当时他神情自若，看上去并不悲伤。”

“哦。”

“他甚至告诉我，想去布埃纳文图拉买靴子。”

“哦。”

“我丈夫说他可能是突然掉下了悬崖，猎枪走火了。他的尸体在山上，姿势很奇怪。”

“你丈夫？”

“是的，先生。”

“你已经三十三岁了，对吗？”

又是一阵可怕的沉默。达玛丽斯像在道歉似的，回答说：“是的，先生。”

路易斯·阿尔弗雷多先生叹了口气。他说为乔苏的意外感到遗憾，又谢谢达玛丽斯给他打电话，问她可不可以帮忙照看房子。

“你知道那座房子对我们来说有多么重要。”

“是的，先生。”

“我会把你的工资和需要的物品寄给你。”

达玛丽斯知道这不是真话，但她装作相信他的样子，答应了一切。她对雷伊斯一家人感到亏欠，也很希望可以回到悬崖上的房子里——她一直把那里当作她的家。

说服罗赫略并不难。在悬崖上，他们不用付房租。用人的房子虽然不大，但修整一下，也比他们在村里的房间大。为了维持生计，他们会继续原来的工作：罗赫略去山里打猎，出海捕鱼；她继续在罗莎夫人家帮忙。现在，罗莎夫人的丈夫基恩先生坐上了轮椅，他们比以前更需要她。

雷伊斯家的房子唯一的缺点是没有通电。罗莎夫人家就在对面，她让达玛丽斯和罗赫略连上她家的变压器，这样他们就可以用电照明了。他们将家当都搬了过来——老式电视机，那个从来没用过的煤气炉，他们的床，还有吉尔玛舅妈送给他们的床单。和村里的房子相比，他们在这个茅屋里住得舒服多了。

照看雷伊斯家的房子并不是什么难事。他们拿买来打扫茅屋用的东西清洁房子；把泳池里的水放空，下雨时清洗干净；用从山里捡来的有机肥料给花园施肥；罗赫略把出海剩下的汽油拿回来给割草机用。大房子需要重新刷漆，还有一些已经裂开的木板得换掉，阳台的地板有好几处已经腐烂了，需要重新加固。他们把一切打理得井井有条，干干净净。如果雷伊斯一家人看到，他们肯定会很满意的。

※

在雷伊斯家工作过的用人们都深信，这家人一定会回来的，这是他们的儿子死去的地方，所以他们都努力让房子——尤其是小尼古拉斯的房间——保持他们离开时的样子，不受气候、丛林、盐分和时光侵蚀。

大房子建得很结实，什么都经受得住。屋顶的铝板是防锈的，地板是上好的木材做的——巴西樱桃木，白蚁和象鼻虫都钻不进去。高台和地基的混凝土是特殊混合而成的，比一般的水泥更加结实。这房子看上去并不美观，但很实用，非常宽敞，满屋的家具都是复合材料做成的。小尼古拉斯的房间是唯一一个有装饰的。床和衣柜是埃尔维拉夫人从村里最好的木匠那里定制的，之后她又亲手涂上了鲜艳的颜色。窗帘和床上用品是她从波哥大带来的，成套的，印着《森林王子》的图案。它们现在有些褪色了，还有一些小洞，但要走近了才能发现。衣柜里放着樟脑丸，还有一些小尼古拉斯的衣物——几件T恤和裤子，两条泳裤，一双球鞋和几双拖鞋。房门开着，用一个贝壳固定——那是小尼古拉斯和爸爸去钓鱼时在内格利托海滩上捡到的。玩具装在一个木箱里，埃尔维拉夫人也给木箱涂上了漆。木头和塑料的玩具还在，有金属部件的玩具多年前就生锈了。

达玛丽斯现在承认罗赫略是对的。她不能让小狗习惯和她待在茅屋和大房子里，她大部分时间都在这些地方，打扫，给地板打蜡。小狗可能会弄坏房间里的东西：小尼古拉斯的贝壳、玩具、球鞋，或是埃尔维拉夫人上色的家具。

带着伤心和内疚，达玛丽斯将小狗抱出茅屋，再也不让它跟着她进屋了。大房子建在特殊水泥制成的桩子上，茅屋建在木头桩子上，都比平地高出一截。她也没有让它和其他三只狗一起住在屋底。她在凉棚里给小狗留了个位置，让它可以躲雨，其他狗都不能进去。

※

吉尔玛舅妈生日那天，达玛丽斯赶在最早一班从布埃纳文图拉开来的船靠岸之前就出发去她家了。那天刚好是年中旺季的第一天，她想躲开如潮的游客，他们会在码头下船再涌向邻村，最好的酒店都在那儿。

前一天晚上只下了点小雨。清晨的天空万里无云，大海非常平静。那是个少有的晴朗的日子，天空湛蓝而明亮，天气很热。达玛丽斯经过埃罗迪亚夫人家时，她从屋里走了出来，挥手和达玛丽斯打招呼。她的女儿正在店里整理桌椅，铺上桌布，准备开门。埃罗迪亚夫人穿着围裙，手上握着一把剖鱼的刀。

“希梅娜的狗死了。”她说。

达玛丽斯不知所措。

“怎么回事？”她问道。

“她说是被毒死的。”

“和它的妈妈一样。”

埃罗迪亚夫人点了点头。

“现在只剩下你的和我的狗了。”她说。

两只狗满六个月了。埃罗迪亚夫人的那只正躺在店外的沙滩上。正是它妈妈常去的地方。小狗中等体形，和达玛丽斯的小母狗一样大，这也是两只狗唯一相似的地方了。眼前的这只狗耳朵立起，毛又黑又乱。而她的小狗耳朵耷拉着，身上是短短的灰毛。没人会想到它们是同一窝出生的。达玛丽斯很想回家抱抱她的小狗，看看它是否平安无事，但那天是吉尔玛舅妈的生日，她不得不继续向邻村走去。

吉尔玛舅妈中风后行动不便，只能整天坐在摇椅上，在客厅和门口的走廊之间活动。她与卢兹米拉的两个女儿和孙女们睡在同一个房间。卢兹米拉的大女婿在布埃纳文图拉上班，只有周末才偶尔回来。卢兹米拉和她丈夫睡在另一个房间。她丈夫在建筑工地上干活，她卖些商品目录上的东西：衣服、香水、化妆品、直发棒、锅碗瓢盆……他们的生活还不错。房子很小，但是是用砖砌成的，家具也都齐全：一张椭圆形的木质餐桌，客厅里还有两张印花布艺沙发。

他们午饭吃了米饭和小虾，还唱了生日歌，吃了从布埃纳文图拉订的蓝色奶油蛋糕。看见孩子们送的礼物，吉尔玛舅妈哭了。达玛丽斯搂着她的肩膀，轻轻地抚摸她的背。之后，孩子们想和达玛丽斯玩耍，爬上了她的大腿和手臂。门窗都开着，但太阳高挂在天上，一丝风也没有。卢兹米拉和她的女儿们用杂志扇着风，吉尔玛舅妈的摇椅轻轻地摇动，孩子们继续在达玛丽斯身上跳来跳去。达玛丽斯觉得有点喘不过气来。

“现在不行，”她对孩子们说，“请你们停一下。”

但孩子们还是跳个不停。卢兹米拉朝她们大吼一声，让她们回房间去。

下午回家的路上，达玛丽斯经过卖手工艺品的小摊。

有旅客从码头上来，有的步行，有的坐着摩的，背着行李，疲惫不堪，浑身都是汗，但大部分是已经在酒店安顿好后出来四处闲逛的，看看原住民在褪色床单上摆出的草编筐、帽子和背包。人很多，路并不好走。

有那么一阵子，达玛丽斯被堵在了希梅娜的摊位前。她的摊位比其他原住民的要好很多，比地面高出一截，上方有塑料顶棚，商品摆在铺了蓝色丝绒布的木板上。她卖的东西很多，有手镯、项链、戒指、耳坠子、编织手链、包装纸，还有抽大麻用的烟斗。达玛丽斯和希梅娜视线交汇。希梅娜站起来，走到她旁边。

“他们杀了我的小狗。”她说。

她们俩之前从没说过话。

“埃罗迪亚夫人告诉我了。”

“是我的邻居干的，那群婊子养的。”

听到她骂人，达玛丽斯很不舒服，尽管她不认识她的邻居。但同时她也为希梅娜感到难过。希梅娜身上有大麻的气味，声音嘶哑，皱巴巴的皮肤上遍布斑点，染成黑色的长发下露出了白色发根。她说，几周前，邻居家的一只母鸡越过栅栏到了她家，她的狗把母鸡弄死了，而现在，她的狗不知怎么就死了。除此之外，希梅娜没有什么别的证据能证明是她的邻居干的，甚至不能确定狗是被毒死的。达玛丽斯想，小狗的死可能有别的原因，比如被蛇咬了，或者得了什么病。她觉得希梅娜对邻居如此大动肝火，只是为了避免陷入悲伤。

“我原本想要一只母的，”她坦白道，“但埃罗迪亚夫人说，您要了那一窝唯一一只母狗，我只能选这只了。它很小，您还记得它们长什么样吗？我的小西蒙，放在我手心里，就那么大。”

※

达玛丽斯回到家看到小狗，高兴极了，小狗看见她也一样。她抚摸了它好一会儿，才发现自己的双手变得脏兮兮的。她决定给它洗个澡。阳光依然灼人，她走了那么远的路，也需要洗个澡来冲走热气和汗水。她将小狗带到洗衣池旁，用刷子和蓝色的洗衣皂细细地给它洗刷，小狗讨厌水，低下头，缩起了尾巴。

之后，趁着小狗在最后的阳光里晾毛，达玛丽斯洗了一件提前泡在水里的内衣，还洗了个澡。茅屋里没有淋浴，她一直在洗衣池边洗澡，不脱衣服，就用加拉巴木果壳做成的瓢舀水浇在身上。晚霞很美，天空好像燃烧起来了，大海被染成一片紫色。她把内衣挂到凉棚里的晾衣架上，把因为洗了澡而闷闷不乐的小狗抱到它的床上，暮色已经降临。小狗的床是一张叠起来的小席子，外面包着旧毛巾。

晚上还是没下雨，但他们得把门窗都关上，因为成群的蚊子正汹涌而来，微小的蚊子叮人像针刺。罗赫略从屋子底下找来一个变形的旧锅，将椰子壳碎倒在里面，点上火。椰子壳碎开始燃烧，蚊群一时散去，但烟一消失，成群的蚊子又飞了回来，他们只好用抹布驱赶，根本没法安静地看电视。太热了，罗赫略腋下出现两块汗渍，达玛丽斯鬓边也流下了汗水。

“这天怎么不下雨呢？”达玛丽斯扇着抹布，抱怨道。

罗赫略没有回答，走回他的房间。她继续看着电视，她知道在这样的高温和蚊子折磨下，自己根本睡不着。

午夜过后，电视播放购物节目时，一道闪电突然划过，距离很近，一瞬间照亮了整间屋子。达玛丽斯吓得跳了起来。屋里停电了，外面雷电交加，下起了倾盆大雨，茅屋的屋顶似乎要被雨水打塌了。但空气变得凉快，蚊子也都消失了。达玛丽斯知道小狗在凉棚里很安全，就去睡觉了。

第二天早上，雨仍然下得很大。达玛丽斯几乎整夜没睡，很晚才起床。屋里的地面又冷又潮湿，前一天夜里烧椰子壳碎的锅放在客厅中间，接着从屋顶漏下来的雨。屋里还是没电，罗赫略坐在电视前的一张塑料椅子里，喝着他在凉棚里煮好的咖啡。

“你的狗昨晚疯了——”他说。

达玛丽斯警觉起来，她不是担心小狗做了什么，而是害怕罗赫略趁她不在时惩罚了小狗。

“你对它做了什么？”

“我什么都没做，只是你的胸罩遭殃了。”

达玛丽斯冲出茅屋。她什么也看不见，只有雨，远处白色的雨像薄纱窗帘一般，挡住了大海、岛屿和村庄，像溪流一样从屋顶、走廊和楼梯上流下来。到凉棚里时，达玛丽斯已经浑身湿透。前一晚她挂晾的她和罗赫略的内裤都还在晾衣架上，只有她的三件胸罩被扯到了地上，撕得粉碎。小狗胆怯地摇着尾巴，似乎有点内疚，但看上去安然无恙。达玛丽斯把它从头到尾检查了一遍，确认没事后才松了一口气。她没有骂它，而是将它抱在怀里，告诉它没关系，她明白它的意思，不会再给它洗澡了。

※

达玛丽斯继续宠着小狗，直到它跑掉，消失在丛林里。那天晚上她独自在家，罗赫略出海捕鱼了。大危、小榄和二蝇刚在凉棚外吃完饭，达玛丽斯正摸着小狗的头道晚安，准备走进茅屋。突然，大危开始冲着丛林的方向吠叫，其余两只狗也警觉起来。小狗冲出凉棚，跑到大危旁边。那个方向既没有房子也没有人，达玛丽斯觉得可能是某种动物：一只老鼠，一只刺猬，一头迷路或生了病的野猪。那天晚上没有月亮，一片漆黑，只有凉棚里的灯泡发着光。远处什么也看不见，什么也听不见，四只狗却越来越不安，身上的毛发竖起，狂吠不止。

达玛丽斯叫着小狗的名字，想让它安静下来，回到她身旁。“绮里！”她毫不胆怯地大声叫着这个曾被表妹笑话的名字，“绮——里——！”但大危突然狂奔了出去，所有的狗，甚至她的小狗，也跟着它们，一起跑进了山里。

达玛丽斯听着它们的叫声，听着它们在草丛中跑动的响声。她赤着脚，又担心树丛里有蛇，很可能是矛头蝮蛇，它们常在夜间出没，凶狠且有剧毒，于是她只能在凉棚里继续呼唤四只狗。无论她怎么叫，用愤怒的、平淡的、温柔的、哀求的声音呼唤，狗都没有回来。慢慢地，一切恢复平静，狗的叫声也消失了。她的面前只有那片丛林，安静得像一头刚吞下猎物的野兽。

达玛丽斯走进茅屋，穿上雨靴，拿起砍刀和手电筒，从狗消失的地方走进丛林。以前，丛林总让她感到害怕：黑暗、矛头蝮蛇、野兽、尸体、小尼古拉斯、乔苏、死去的基恩先生，还有她小时候听说过的幽灵……现在这些都吓不到她，她也没有为自己的勇敢而感到惊讶。她心里只有一个念头：她的小狗有危险，她要去救它。

她在灌木丛中走着，不敢走太远，以防在黑暗中迷路。她用手电筒照向四周，发出声响，叫着她的狗的名字，还有大危、小榄和二蝇。没有任何一只狗回来，也没有任何回应，于是她决定再往深处走一点。她走到分隔雷伊斯家和邻居家的那条小河边，走到了主路两侧的篱笆旁，走到了悬崖边上，最后走到了这条道路尽头的一棵棕榈树下。

达玛丽斯只能看见手电筒的光照亮的地方，事物的片段：一片巨大的树叶；一段被苔藓覆盖的木桩；一只翅膀布满斑点的巨大夜蛾，它被灯光惊起，扑扇着翅膀，慌乱地在她头上打转。她的雨靴被树根缠住了，陷在泥土里。她绊了一跤，滑了一下，为了站稳，她不得不用手扶着坚硬、潮湿、粗糙的地面。有什么东西从她身上擦过，那东西凹凸不平，毛茸茸的，还有刺。她吓得跳了起来，以为是一只蜘蛛，或是树栖的蛇，抑或吸血的蝙蝠。但除了蚊子，没有东西咬她。她放下心来，继续在黑暗中寻找。炎热让潮湿的空气变得黏稠，像苔藓般附着在她的皮肤上。似乎有青蛙和蟋蟀刺耳的叫声传来，像邻村的迪斯科音乐一样令人难以忍受，她觉得这声音仿佛不是来自丛林深处，而是来自她的脑袋里。手电筒的光越来越暗，她别无选择，只好沮丧地哭着，在它完全熄灭前返回茅屋。

达玛丽斯很快睡着了，但她的梦让她没法好好休息。她梦见嘈杂的声音和影子，梦里的她醒着躺在床上，却不能动弹，有什么东西在攻击她，是丛林。丛林偷偷潜入了茅屋，将她包围，缠绕，地衣覆盖了她的全身，丛林中所有生物共同发出的令人难以忍受的叫声灌入她的耳中，直到她自己也变成丛林，变成木桩，变成苔藓，变成烂泥。然后她看到了她的小狗，它轻舔着她的脸，跟她打招呼。达玛丽斯醒来时，家里仍旧只有她一人。屋外正下着瓢泼大雨，狂风吹打着屋顶，雷声震动着大地。雨水从门窗的缝隙流到了屋里。

她想到罗赫略。在这样的狂风暴雨中，他只有一条小破船，除了一件救生衣、一件雨衣和几块塑料布，没有其他东西可以挡雨。但她更担心那只小狗，它在丛林里，浑身湿透，因为寒冷和恐惧而瑟瑟发抖，但她没能去救它，想到这儿她又哭了。

※

第二天上午，暴风雨停了，达玛丽斯继续去找狗。外面昏暗又凉爽，雨下得太大，到处都被淹了。她蹚着水，又走了一遍前一天晚上走过的地方，但大雨把所有狗的痕迹都冲没了。主路和其他地方一样被淹了，没有留下任何脚印，她把整条路都走遍了。她去邻居家告诉他们狗跑了，请他们帮忙留意找狗：工程师家的用人都是村里人，没把这事放在心上；图卢亚姐妹有一只珍爱的拉布拉多犬，所以很能理解达玛丽斯的心情，她们邀请她留下来一起吃午饭。

下午，达玛丽斯去了罗莎夫人家。自从基恩先生去世后，那座房子就空了，罗莎夫人的脑袋也更不好使了。

她丈夫去世前她已经记不住人名了，常常丢东西，还会做出一些让人发笑的事情，比如画两遍眼线，涂两次口红，或是把手机放进冰箱里。基恩先生去世后，她的情况恶化了。她不知道现在是哪一年，以为自己还在加利，还没结婚，会突然伴着国歌起舞。有时，她又以为自己刚和丈夫搬到悬崖上，等着建造房子所需的材料。她开始在自己家里迷路，有时会像傻瓜一样，张着嘴巴，长时间呆呆地看着某个地方，对着墙说话。她甚至忘了喝酒，以前她很喜欢烈酒，几乎每天都会喝上一杯。

罗莎夫人和基恩先生没有孩子，她的一个外甥女来这里照顾她，打理各种事情。她将罗莎夫人送到加利的一家养老院，把庄园挂牌出售。等待房子售出期间，她继续付钱给达玛丽斯和罗赫略，让他们照看房子，就像以前罗莎夫人要求的那样。罗赫略负责打理花园并做些修理工作，达玛丽斯则打扫房子。

自从来到悬崖上，母狗每周都跟着达玛丽斯去罗莎夫人那里。达玛丽斯突然想到，小狗可能去了它最喜欢的地方——罗莎夫人家后院的那片水泥地。无论天气如何，那儿总能保持凉爽干燥。

小狗不在那里，也不在房子附近的其他地方，这里是悬崖上最大的一块地了。达玛丽斯找遍了每个角落：房子里，花园中，入口处的台阶，悬崖的长脊，通向小河的小路，还有河里。下了那么大一场雨，河水倾泻而下，漫过了基恩先生建的水泥墙。

第二天仍旧没出太阳，雨一直下到中午才停。午饭后，达玛丽斯冒着雨出门了，雨很小，几乎看不见，落在身上也没有感觉，但还是打湿了她的衣服。达玛丽斯穿过那些只有猎人和伐木工人才会走的小路。依旧没有狗的脚印。下午雨完全停了，但天空还没有放晴，眼前仍是一片阴冷的灰色。

在回家的路上，她碰到了一大群蚂蚁，成千上万的蚂蚁像军队一样在丛林中前进。那是些中等大小的黑蚂蚁，它们从地下巢穴中钻出来，将所到之处的昆虫统统拖走。达玛丽斯不得不跑着避开它们，但还是有几只爬到了她身上，在她将它们抖落之前咬了她的腿和手。被咬的地方像火烧一样刺痛，但疼痛很快就消失了，没有留下伤疤。

达玛丽斯到家十五分钟后，蚂蚁大军也到了。她停下日常的打扫工作，爬到一张塑料椅上，缩起双腿，好避开浩浩荡荡的蚂蚁。两个小时后，蚂蚁消失无踪，还把屋里的蟑螂从它们藏身的角落里拖出来带走了。

晚上气温突然下降了很多，达玛丽斯不得不找出毛巾盖上，那是家里最暖和的东西了。尽管知此，当时并没有下雨。第三天，阳光冲破云层，天空和大海染上了颜色，天气开始暖和起来。就在达玛丽斯准备出门的时候，罗赫略回来了。几分钟后，几只狗也从丛林的方向跑回来了。它们浑身脏兮兮的，筋疲力尽，比离开前瘦了一点。达玛丽斯很开心，但她很快就发现，回来的只有大危、小榄和二蝇。她哭了起来。

罗赫略在海上待了五天，回到家时已经疲惫不堪，饥肠辘辘，但他还是陪她进了丛林。他们在主路上找到了三只狗的脚印，跟着脚印走到了悬崖尽头的拉德斯彭萨。那里有另一个小河湾，狗肯定是游过去的。他们没看到小狗的脚印。

接下来的几天，罗赫略每天都陪达玛丽斯出门找狗。他们穿过拉德斯彭萨，去过养鱼场，还潜入了禁止入内的海军基地。那里的丛林更昏暗、更神秘，树干有三个达玛丽斯那么粗，地上铺满了厚厚的落叶，有时甚至会没过半个靴筒。

他们午饭后出门，直到傍晚或入夜才回来，筋疲力尽，浑身酸痛，满身都是汗水、被野草擦伤的伤痕和被虫子叮咬的肿块。如果遇上下雨，他们就会浑身湿透。

一天，达玛丽斯突然意识到，他们永远也找不到她的狗了。是她自己想明白的，罗赫略没有给她压力，也没有说丧气话，但她突然就醒悟了。那时他们站在入海口的一个大坑前。正值涨潮，猛烈的海浪撞击着岩石，绽开的浪花溅到了他们身上。罗赫略说，要穿过这个坑，他们必须等到退潮水位最低时下到坑里，再从另一侧的石阶爬上来。小心不要滑倒，崎岖的岩石上长满了海草。达玛丽斯没有听他说话。她似乎回到了小尼古拉斯失踪的那天、那个地方，她惊恐不安地闭上双眼。罗赫略接着说，他也可以用砍刀开一条路，看看能不能绕过这个坑，但问题是另一侧长满了带刺的棕榈树。达玛丽斯睁开双眼，打断了他。

“那只狗死了。”她说。

罗赫略不解地看着她。

“这片丛林太可怕了。”她解释道。

长满海草的悬崖，卷走小尼古拉斯的海浪，在暴风雨中被连根拔起或被闪电劈成两半的参天大树，崩塌的山坡，有毒的或是可以吞下一头鹿的蛇，把其他动物吸干的吸血蝙蝠，会割破双脚的尖刺植物，下大雨时水位暴涨、席卷一切的河流……如果这些还不够的话，距离小狗离开家已经二十天了。它失踪的时间太长了。

“我们回家吧。”达玛丽斯说，这一次她没有哭。

罗赫略走到她身旁，很受触动地看着她，手抚上她的肩膀。那天晚上，他们一到家就立刻开始做爱，仿佛上一次做爱并不是在久远的十年前。达玛丽斯心想，也许这次她会怀孕，但第二天她就自嘲地笑了：她已经四十岁了，女人快要干枯的年纪。

她舅舅曾在一次派对上说过这话，那时他们还住在村里那栋两层楼的房子里。舅舅当时喝醉了，没穿上衣，和一群渔夫坐在外面。村里的一个女人从他们面前走过。她很高，走起路来神态骄傲，屁股左右摆动着，拉直的头发几乎及腰。达玛丽斯一直很羡慕她的美貌。所有渔夫的目光都紧跟着那个女人，舅舅喝了一口酒。

“不错的女人，”他说，“虽然她一定得有四十了，女人干枯的年纪。”

我从一开始就干枯了。达玛丽斯想着，心里满是苦涩。

接下来的几天里，她一直和罗赫略在一起。她告诉他下午看的电视剧讲了什么，他也告诉她自己打猎、捕鱼或割草时看到、想到了什么。他们回忆过去，开怀大笑，谈论晚上的电视剧和新闻，睡在一起，就像她十八岁还没尝到无法怀孕的痛苦滋味时那样。

一天早晨，达玛丽斯在凉棚里做早餐时，不小心打碎了一只杯子，那是罗赫略上次去布埃纳文图拉买的一套杯子中的一只。

“还没用到两个月呢，”他恼怒地说，“笨手笨脚的，瞧你做的好事。”

达玛丽斯没有回话。但那天晚上，在他们关掉电视、准备睡觉时，她躲开了试图亲近她的罗赫略，走回了自己的房间。她盯着自己的手看了一会儿。她的手很大，手指很粗，手掌因为风吹日晒变得又黑又干，掌心的纹路深重，如同龟裂的土地一般。这是一双男人的手，一双建筑工人或可以抓住大鱼的渔民的手。第二天，两个人都没有说“早上好”，于是，他们又变得疏远起来。他们不看对方的脸，回各自的房间睡觉，只在有需要时才说话。

※

达玛丽斯不再为小狗哭泣，但它的消失让她很心痛，就像一块沉重的石头压在她的胸口。她无时无刻不在想它。她从村里回家时，它不会在台阶上摇着尾巴等她了；她收拾罗赫略打来的鱼时，它不会在那儿一心一意地看着她了；她清理剩菜时，不用再把最好的部分挑出来留给它了；她早上喝咖啡时，也不能再抚摸它的头了。达玛丽斯的眼前不断浮现出小狗的影子：在罗赫略放在茅屋旁的那袋椰子边上，在他堆在凉棚里用来固定船的缆绳中，在她放新柴的灶炉旁，在别的小狗身上，在午后花园的植物丛树影里，在她的小狗的床上。小狗的床还在凉棚里，和它离开前一模一样。达玛丽斯不忍心将它扔掉。

海梅先生说他也很难过，就像自己的亲人去世了一样，达玛丽斯很感激他的安慰。但当她把事情告诉埃罗迪亚夫人时，她开始内疚，说自己不该让小狗跑掉，应该继续找它，而不是轻易放弃。埃罗迪亚夫人静静地听着，接着叹了口气，仿佛认命了似的。那一窝小狗原本有十一只，现在只剩她的狗了。现在去邻村时，达玛丽斯总会绕过埃罗迪亚夫人的店，因为看见它会刺痛她。

那时候，达玛丽斯最不想听到的就是卢兹米拉的评论，所以她没告诉家里人这件事，甚至没有告诉吉尔玛舅妈。但不管怎么样，卢兹米拉还是知道了。一天下午，罗赫略捕鱼回来，在渔民合作社碰到了卢兹米拉的丈夫，为了找点话说，罗赫略告诉了他小狗的事，它怎么跑丢的，他们又如何努力找它。那天晚上，卢兹米拉给达玛丽斯打了电话。

“所以我才不喜欢动物。”她说。

达玛丽斯不知道她不喜欢动物是因为它们会在丛林中迷路，还是因为它们会死。但她没有追问，只是问她这星期是否给她爸爸打过电话。

※

基恩先生死得很蹊跷。没有人知道他身上发生了什么，也没有人知道他是怎么掉进海里的。那时他几乎完全瘫痪了，全身上下只有手指头能动。大多数人觉得他是坐着轮椅冲下悬崖自杀了，但达玛丽斯和罗赫略知道这是不可能的。轮椅的马达功率不够。即使基恩先生想冲下悬崖，悬崖边的椰李树也会把他缠住。之前有过一次，基恩先生来不及刹停轮椅，掉了下去，是罗赫略用手把他拉上来的。还有人觉得是罗莎夫人把他推下去的，有人说是出于同情，还有人说是为了摆脱他这个包袱。

罗赫略觉得有可能是罗莎夫人推的，因为她那时已经神志不清了。罗莎夫人确实神志不清，但达玛丽斯确信，不管怎样她都不会做出这样的事。她甚至没有伤害过那些住在食橱里的老鼠，咬坏她衣服的蟋蟀，还有像蝙蝠那么大、把她吓得够呛的大夜蛾，更别说伤害她的丈夫了。

无论如何，当基恩先生坐着轮椅不见了，他们在悬崖上也找不到他的任何痕迹时，是罗赫略第一个说，他应该不在陆地上了。帮忙找人的村里人没听明白。

“如果他还在那上面，”罗赫略看了一眼天空，解释说，“那儿肯定满是兀鹫了。”

他说得很有道理，村里的男人面面相觑，好像在说“我们怎么没想到”。达玛丽斯为她的丈夫感到自豪。

他们把基恩先生从海里捞到沙滩上时，达玛丽斯看到了他的尸体。他看起来比活着的时候更白，他一直很白，是达玛丽斯见过的最白的白人。他的皮肤像橙子皮一样一块块脱落了，手指和脚趾都被动物吃掉了，眼窝是空的，腹部肿胀，嘴巴张开。达玛丽斯看到了嘴巴里面。他的舌头没了，黑色的水积在喉咙里。他身上散发着腐烂的气味。达玛丽斯感觉随时会有鱼从他的腹部破肚而出，他的嘴里会长出藤蔓。

基恩先生失踪了二十一天，是继小尼古拉斯之后，被大海带走时间最久的人。

※

当所有人都不再和达玛丽斯提起母狗时，它出现了。那天，达玛丽斯很早就被渔船从海湾驶向公海的喧闹声吵醒了，夜间它们停泊在海湾里。天阴沉沉的，却没有下雨。达玛丽斯很担心，因为家里只剩下一条鱼了。她打开茅屋的门向凉棚走去时，在院子里的椰子树旁看见了它。达玛丽斯的第一个念头是，这又是她的幻觉。但这一次确实是她的母狗，它瘦得不成样子，浑身是泥。

达玛丽斯走下茅屋。狗开始向她摇尾巴，她又哭了。她走到它身旁，弯腰抱起它。它身上很臭。达玛丽斯仔细地为它检查：它身上有虱子，一只耳朵有割伤的痕迹，一只后爪上有个很深的伤口，而且瘦得肋骨都突出来了。达玛丽斯一直看着它。她不敢相信它回来了。特别是在丛林里待了那么久，它竟然还安然无恙。它失踪了三十三天，比基恩先生多十二天，比小尼古拉斯只少一天。但送它回来的是丛林而不是大海，它还活着。活着！达玛丽斯不停地在脑海中重复这句话。

“它还活着！”罗赫略从茅屋里走出来时，达玛丽斯大声对他说。

罗赫略惊讶得一句话也说不出来。

“是绮里！”达玛丽斯说。

“我看到了。”他说。

他走过去，从头到尾打量着母狗，还伸手在它的背上拍了拍，以示欢迎。然后他拿起猎枪，到丛林里打猎去了。

达玛丽斯把母狗洗干净，用酒精给它的伤口消了毒，用鱼煮了一碗鱼汤，把鱼头给了它，自己却什么也没吃。然后她到村里去，满怀歉意地对海梅先生说，他们没法付这个月赊的账了，她请求他再借给她点钱买驱虫药膏，好给狗的伤口涂上。海梅先生爽快地把钱借给了她，还赊给她一磅大米和两块鸡肉。

两个村子都没有驱虫药膏，达玛丽斯只能托卢兹米拉的大女儿从布埃纳文图拉买了带过来，这天她正好要去那儿。达玛丽斯甚至顾不上卢兹米拉会怎么想，会说什么。

最后一条船到达时,驱虫药膏也到了。接下来的几天，达玛丽斯全心照顾着她的狗，给它上药，喂它鱼汤，无时无刻不宠着它。

※

母狗身上的伤愈合了，体重也增加了，达玛丽斯依旧无微不至地照顾着它。她不再介意在旁人面前叫它绮里，宠爱它，连卢兹米拉来和她庆祝母亲节时也是一样。

母亲节这天，卢兹米拉全家都来了，她丈夫，两个女儿、女婿，外孙女，还有吉尔玛舅妈。他们把吉尔玛舅妈抬上楼梯，把她在大房子阳台的躺椅上安顿好。他们在凉棚的柴火灶上炖着鸡肉，给泳池放满水，游了泳。没有人说“我们真是太大胆了”，但达玛丽斯觉得大家心里肯定都是这么想的。尽管她被他们的笑话逗笑了，也和孩子们一起玩了，但她并不开心。一想到别人可能会看见他们这么占用雷伊斯家的房子，她就觉得很羞愧。吉尔玛舅妈像女王一样在阳台的躺椅上扇着扇子，罗赫略躺在泳池边的另一张躺椅上，卢兹米拉和她的丈夫坐在泳池边喝着酒，女孩们在水中欢腾嬉闹。达玛丽斯刚从泳池里出来，在小石子路上留下了一条长长的水迹。她硕大的屁股裹在一条紧身短裤里，身上穿着游泳或干活时才会穿的无袖衬衫。达玛丽斯心想，没有人会把他们错认成这座房子的主人。一群穷黑人，穿得破破烂烂，却用着有钱人的东西，人们肯定会这么想，觉得他们是贪慕虚荣的人。达玛丽斯羞愧得要死，因为在她看来，贪慕虚荣就和乱伦或者其他罪一样可怕。

她坐在地上，背靠着露台的墙，双腿伸开。母狗卧在她身旁，把头放在她的大腿上，她轻轻地抚摸着它。卢兹米拉看着她，摇了摇头，走过去递给罗赫略一杯酒。

“你已经被这狗赶下床了吗？”她问，“午饭时我看见她把最好的肉都给了它。”

卢兹米拉说得有点夸张了。达玛丽斯确实给狗盛了些炖菜，但只是鸡皮和一小块鸡肉而已。

“还没，”罗赫略回答说，“但我不知道她为什么要在一只在丛林跑野了，而且还会跑掉的动物身上浪费时间。我告诉过她，它一定还会跑掉的。”

※

罗赫略说得没错。一天，在他们去罗莎夫人家的时候，母狗又走了。达玛丽斯像往常一样把它留在后院，自己走进了大房子。她打开门窗，想给房子透透气。她撣掉角落的蜘蛛网和家具上的灰尘，打扫干净厨房和厕所，擦了地，还给地板上了蜡，最后用烟熏，给整个房子消了毒。做完后，她的双手发皱，闻上去还有一股化学剂的气味。

下午四点左右，达玛丽斯干完活走出房子，她发现狗不在了。天上的云层很厚，乌黑低沉，似乎要向地上压来。空气中的水汽很重。达玛丽斯想，也许因为天气太热，它又害怕下雨，就跑回家了。

达玛丽斯立即回家找它，想给它喂点水。家里的狗都伸着舌头，待在茅屋下面。没有她的狗。达玛丽斯找遍了大房子底下、楼梯、花园、露台，但到处都找不到它。达玛丽斯浑身都被汗水浸透了，热气让她喘不过气来。她想在洗衣池里放些水，泼到身上让自己凉快凉快，但现在找狗更重要。她在房子周围大声叫它，又走到丛林边喊它的名字。她就这么一直喊着，找着，直到天黑。天黑了，不带手电筒、赤脚走路实在太危险了。她什么都没找到。

达玛丽斯回到家，开始在洗衣池旁洗澡。比起担心，她更觉得生气。她生气的是那只母狗就这么走了，而且这次是它自己走的，并不是受到了其他狗的影响，害得她费这么大力气去喊它、找它，让她受折磨。最让她生气的是，罗赫略说得没错，那只母狗变坏了。于是，在罗赫略带着一串鱼回家时，她什么都没说。为了不让他发现，那天晚上她也没有继续找狗。她气得都没心思看她的晚间电视剧了。新闻开始后，她借口去看鱼有没有放好，想到屋外最后看一眼狗在不在。

天上的乌云散了，夜空一片晴朗，十分凉爽。远处的海面上，在他们听不见的地方，蓝色和橙色的闪电像蜘蛛网一样落在黑暗中。母狗已经回来了，就在自己的床上。达玛丽斯很高兴，却没有表现出来。

“绮里！你这个坏丫头！”看见它站起来迎接她，达玛丽斯说。

母狗低下头，夹起了尾巴。

“今晚你没吃的了。”她威胁道。

但很快她就改变了主意，把为它留的剩菜喂给了它。

第二天早上，母狗变得特别温顺，片刻不离达玛丽斯身边。达玛丽斯原谅了它，她想，罗赫略说错了，她的狗是不一样的。她拿起一条罗赫略用来系船的缆绳，绑到母狗脖子上，打了一个固定小船常用的绳结，将它绑在凉棚的一根柱子上。达玛丽斯坐在旁边，耐心地等着母狗挣脱。

母狗用力扯绳子想要挣脱时，达玛丽斯开始用温柔的语气安抚它，想让它平静下来，对它说自己希望它做的事：不要再逃走，做回听话的狗，要记住那三十三天在丛林里是多么饥饿和恐惧，不要再任性，要吸取教训。这时，罗赫略从丛林里回来了。他拿着修理茅屋要用的木头，惊慌地看着眼前的情景。

“你要杀了这东西吗?！”他说。

“为什么这么说？”

“这是个活结，你会把它勒死的！”

达玛丽斯冲到母狗身旁，想给它解开，但它拼命地挣扎，绳结越拉越紧，根本解不开。罗赫略推开达玛丽斯，抓住母狗按在地上，拿出他的砍刀。达玛丽斯吓坏了，但她还没来得及反应，罗赫略就砍断了绳索。母狗自由了。

等狗平静下来，喝了水，罗赫略教达玛丽斯该怎么拴住它。打活结可以防止它跑掉，但绝对不能绑在它的脖子上，而是要从狗的背上经过前腿下方将绳子穿到另一侧的后腿，就像人们背包一样。

※

母狗就这么被绑了一个星期。绳子很长，它可以随着太阳的移动躲到阴影里，也可以到凉棚外面的草地上大小便。每当它的碗空了，达玛丽斯就会给它加满水，把食物放在绑着绳索的柱子边上。晚上，她会像往常一样给它留一盏灯，以免蝙蝠咬它。

一个星期后，在解开绳索之前，达玛丽斯看着它的眼睛，对它说："我得看你的表现了。"母狗像脱缰的野马一样跑了出去。达玛丽斯以为它又要逃走，但它没有。等它跑累了，就伸着舌头回到凉棚，喝水，卧在她身边。达玛丽斯想，这是个好兆头，但她还是会继续盯着它。她不让母狗离开自己的视线，如果看见它跑远了，她会把它叫回身边。晚上或是她去村里和其他地方的时候，她没法看着它，就会给它套上绳索。

但就在她重新开始相信它、不再把它看得那么紧的时候，母狗又逃走了。这次，它失踪了一天一夜。从那以后，不管达玛丽斯使什么手段都没用了：整整一个月绑着它或是不绑它，一直监视它或是完全不管它，不给它吃的作为惩罚或是喂它更多的食物，严厉地对它或是温柔地待它，一切都不管用了。一有机会，母狗就会逃跑，过好几个小时，甚至好几天才回来。

罗赫略什么都没说，但一想到他在想什么——“我告诉过你的”，达玛丽斯就觉得无法忍受，她开始怨恨母狗。一次，在它离开后，达玛丽斯把它的床从凉棚里拿出来，丢到了悬崖下的港湾里，那儿堆满了机油罐和汽油桶。她不再抚摸它，也不再给它吃最好的剩菜，它朝她摇尾巴说晚安时，她也不理不睬。她甚至不给它在凉棚里留灯了。有一次，它被蝙蝠咬了，直到罗赫略发现血迹、问她是否要给狗治疗时，她才注意到它的鼻子被咬伤了，血流不止。达玛丽斯耸了耸肩，继续煮早上的咖啡。罗赫略只好自己去茅屋里找出驱虫药膏，给狗涂上。

伤口愈合得很好，从那以后，晚上便由罗赫略去凉棚点灯了。罗赫略也不怎么照顾它，但不认识他们的人会以为那是他的狗，而达玛丽斯不喜欢动物。达玛丽斯开始对母狗感到厌烦：它臭烘烘的，会到处乱挠，跑来跑去，嘴边挂着口水，雨天还会在露台的地板、泳池的走道和花园旁的小路上留下泥印。她希望它快点跑掉，永远不要再回来，希望它被矛头蝮蛇咬死了事。

但是母狗却不再逃跑，它平静了下来。那些日子，不论达玛丽斯在哪儿，它都整天和她待在一起。达玛丽斯做饭或叠衣服时，它就躺在凉棚里。下午达玛丽斯打扫房子或看电视剧时，它就待在房子下面。一天，达玛丽斯发现自己不自觉地抚摸着母狗，就像以前一样。

“我的小狗真乖，”她说着，好让罗赫略也听到，“它终于改过自新了。”

正值下午日光将尽，她和狗一起坐在最低一级台阶上，面对着海湾。深色的海浪迅速涌来，如巨蟒般沉静。罗赫略坐在一张从茅屋里拿出来的塑料椅上，用厨房的剪刀清理着指甲。

“那是因为它怀孕了。”他说。

达玛丽斯觉得自己的腹部仿佛受到了重重一击，她快喘不过气来了。事实显而易见，她甚至无法否认。母狗的乳头胀起来了，肚皮又硬又圆。她怎么会还需要他来挑明这件事呢。

※

悲伤笼罩了达玛丽斯。起床、做饭、咀嚼——所有的事都变得无比费力。她觉得生活就像那个小海湾，而她的命运就是要孤身一人走过去，双脚陷在泥里，海水没过腰部，孤零零一个人。她困在这具躯壳里，这具没法怀孕、只会打碎东西的躯壳里。

她几乎没离开过屋子，躺在地面的垫子上看电视，一待就是一整天。屋外的大海潮涨潮落，大雨倾泻在世界上，丛林险恶，包围着她，不是她的同伴。就像她的丈夫，睡在别的房间，对她不闻不问；就像她的表妹，来了只会对她说三道四；就像她的母亲，去了布埃纳文图拉，之后就死了；还有那只母狗，她养大了它，却被它抛弃。

达玛丽斯看到它就觉得受不了。对她来说，每次打开门，看见母狗越来越大的肚子，都是一种折磨。母狗一直待在那里，跟着她从茅屋走到凉棚，从凉棚走到洗衣池，从洗衣池走回茅屋……达玛丽斯想把它吓跑。“去，”

她说，“滚开。”有一次，她甚至举起手作势要打它，但它没有被吓跑，依然跟在她身后，步伐因为肚子里的狗崽儿变得缓慢且沉重。

那天晚上雨下得很大，但屋里很热。停电了，屋里一片漆黑，电视没开，客厅里有很多蚊子。罗赫略忘了收集椰子壳碎，他们没法把蚊子赶走。为了抵抗蚊子猛烈的攻势，达玛丽斯把自己从头到脚裹在床单里，坐在窗边的一张塑料椅子上。她没开窗，以免雨水溅进来，就这样听着淅淅沥沥、连续不断的雨声，就像人们在守灵夜的祈祷声。罗赫略披上雨衣，穿上鞋子走出茅屋，他说自己宁愿睡在凉棚里。凉棚四面通风，至少雨水可以让人凉快些。没过多久，茅屋的门砰的一声开了。罗赫略站在门外，身上没穿雨衣，浑身都湿透了。

“母狗要生了！”他说。

达玛丽斯仍一动不动地坐在窗边。

“你觉得我会在乎吗？”她问。

“我知道你心里不是滋味。但这不是你的狗吗？你之前不是很喜欢它吗？”

她没有回答，罗赫略又走出屋外。

第二天，达玛丽斯肚子饿了，只好去凉棚里做午饭，这时她才看见那些小狗。罗赫略用雨衣给它们搭了张临时的床，母狗正在给小狗们喂奶。一共有四只小狗，每只颜色都不一样。它们是那么小，眼睛还没睁开，看上去可怜无助，和达玛丽斯第一次在埃罗迪亚夫人店里看到的母狗一样。它们闻起来有一股奶香味，达玛丽斯再也忍不住了，她一只接一只地抓起它们，用力嗅着它们身上的味道，把它们紧紧抱在怀里。

母狗是一个非常糟糕的母亲。分娩后的第二天晚上，它吃了其中一只幼崽，接下来的几天里，它对剩下的三只不闻不问。它自己要么躺在泳池旁晒太阳，要么待在凉快的洗衣池里，或者和其他狗蜷在屋子底下——总之，离小狗越远越好。达玛丽斯没办法，只能强行抓住母狗，把它带回凉棚里，让它趴下，好让小狗们有奶吃。

小狗们出生两周后，达玛丽斯不得不去买奶粉，因为母狗喂奶喂得不够，小狗们饿得嗷嗷直叫。小狗们还不到一个月大时，母狗再次离开了。由于它一直没回来，小狗们只能学着吃剩菜剩饭。几天后，母狗回来时，它已经没有奶水，也对小狗完全不管不顾了。

小狗们在凉棚里、小路上、台阶上大小便，就是不在草地上解决。于是，达玛丽斯在所有的家务外又多了一项任务：跟在小狗们身后清理它们的粪便。一天，达玛丽斯去罗莎夫人家打扫卫生，一整个下午都不在家，没空管它们。罗赫略捕鱼回来，踩到了小狗的粪便。尽管只是弄脏了鞋底，但他还是怒不可遏，大喊大叫，说下次再也不帮她收拾烂摊子了。

罗赫略没有再踩到小狗的粪便，但几天后，一只小狗扑到他身上用尖牙咬了他的脚，他狠狠地踢了它一脚，小狗撞到了凉棚的墙上。

“野蛮人！”达玛丽斯大叫一声，立刻跑到小狗身旁。那是一只小母狗，是所有小狗中最淘气的。它毛茸茸的，像个小黑球，一只眼睛旁有一块白斑。

罗赫略继续往前走，既没有道歉，也没有回头看。虽然小狗重重地撞在墙上昏了过去，但很快它就醒了过来，几分钟后又开始到处撒欢儿。

第二天，达玛丽斯开始给小狗们找新家。

※

在通往邻村的斜坡上，有几家小旅馆想要那只体形最大、红毛长耳的小公狗。海梅先生妻子的一个姐妹收养了另一只小公狗，它和它的妈妈一样，身上是短短的灰毛。没有人想要那只母的。村里没有兽医，没办法给动物做绝育，没人愿意时刻照看发情的母狗，更不用说它生下的狗崽儿了。达玛丽斯经常看到有人把一整窝狗崽儿或猫崽儿丢下悬崖，让海浪把它们卷走。

埃罗迪亚夫人也在帮忙寻找可以收养小狗的人，她想到了希梅娜。希梅娜失去过一只狗，而且她最开始就想要一只母狗。达玛丽斯和埃罗迪亚夫人都没有希梅娜的电话号码，她们认识的人当中也没人知道。于是达玛丽斯去了邻村希梅娜的手工艺品小摊，问她是否想收养小母狗。

希梅娜兴奋地答应了，她们约定第二天她会来接小狗。但她不知道悬崖怎么走，达玛丽斯便给她指了路，两人交换了手机号码。达玛丽斯等了她一天，但希梅娜一直没出现。达玛丽斯的手机没钱了，只能等到第二天退潮，去村里买东西时，在海梅先生的店里给她打了个电话。希梅娜没有接电话，当天下午和第二天也没来接小狗。

就这样，又过了一周。小母狗已经长大了。它比其他大狗吃得更多，每天不停地咬达玛丽斯的脚，依旧到处大小便，见到什么就咬什么：椅子腿，达玛丽斯唯一一双漂亮鞋子，厨房抹布，罗赫略的钓鱼浮标——达玛丽斯没有告诉罗赫略，她把被咬坏的浮标丢到悬崖下面，以免小狗被罗赫略惩罚。罗赫略回来时，问她有没有见过钓鱼的浮标，她说没有。他半信半疑地看着她，但什么也没说，什么也没做。

达玛丽斯告诉自己，她明白为什么人们要把狗崽儿丢进海里了，她努力说服自己，她本该也这么做才对。这时，一个在码头工作的行李工来村里找她，他听说她在往外送狗，想知道还有没有剩下的。达玛丽斯说，就剩一只小母狗了。

“什么时候能把它给我呢？”他爽快地问。

达玛丽斯想给希梅娜打个电话，以确定她不要小狗了，然而，尽管她当时就在码头上，身边有好几个可以打电话的地方，她还是决定不打了。如果希梅娜不接电话，而码头工知道她之前答应把狗给别人，也不想要了怎么办？或者，有可能会更糟，如果希梅娜接了电话，像之前一样答应来接小狗，却迟迟不出现怎么办？

“如果你想要，现在就可以领走。”达玛丽斯说。

退潮了，海水只到脚踝，他们步行穿过海滩。他从没去过悬崖上。看着眼前的泳池、花园、海景、小岛和沙滩，他惊讶得说不出话来。但对于大房子，他什么都没说。

“房子的主人已经二十年没有寄油漆和任何东西过来了。”达玛丽斯解释道。

“它还没倒没塌，真是个奇迹。”他说。

她把小母狗交给他，他高兴地走了，一边走一边抚摸着小狗。

达玛丽斯在悬崖上看着他远去的身影。他长得很丑，脸上有痘印，骨瘦如柴，病恹恹的，像得过疟疾似的。他的妻子比达玛丽斯还要胖，比他大至少二十岁，但他们走在村里时总是手牵着手。达玛丽斯想，他肯定会爱那只小狗的，因为他们也没有孩子。她想知道，是不是因为这个，他们两人才那么要好。

※

又过了一星期，希梅娜才来找达玛丽斯，这时距离她们约定的日期已经过去两个星期了。达玛丽斯正在茅屋打扫浴室，听见家里的狗叫，就想出门看看究竟怎么回事。三只狗都在台阶顶上，大危全身的毛都竖了起来，咆哮着，二蝇和小榄站在两侧，用叫声给它助威。希梅娜站在下面几米外的地方，一动不动。达玛丽斯让它们安静下来，狗走开了，希梅娜才爬上石阶。

已经退潮了，希梅娜是走过来的，双腿湿了，鞋上脚上沾满泥巴。她喘着粗气，满头大汗。很显然，从邻村走过来、穿过沙滩、爬上台阶，又被三只狗吓了一跳，这一切让她筋疲力尽。达玛丽斯让她喝点水，但希梅娜指了指她斜背着的背包。

“我带了背包，”她说，然后不耐烦地补充道，“我是来接小狗的。”

达玛丽斯手上沾了漂白剂，她用 T 恤把手擦干。她抱歉地解释说，因为希梅娜没来接小狗，也没接她的电话，她把小狗给别人了。

“你把我的小狗给别人了?！”

达玛丽斯点了点头，希梅娜生气极了。她指责达玛丽斯怎么可以把一只不属于她的狗送给别人，两个人说好了狗的归属，一送一收，那只狗就归她了，达玛丽斯明明清楚她有多想要那只小母狗，多期待可以照顾它，她已经准备好了小床，还安排好了从布埃纳文图拉寄来的食物。她还说，出于礼貌，达玛丽斯至少应该跟她说一声，这样她就不用大老远地跑来这个鸟不拉屎的狗屁地方了。

达玛丽斯冷静地回答说，没必要说脏话，并试图再次说明她的理由。但希梅娜什么都不想听，也不想承担她应负的那部分责任，她打断达玛丽斯的话："好吧，那你给我换一只吧。"

达玛丽斯不作声，低头看着地面。

"怎么？"希梅娜试探着问道，"一只都没有了？"

达玛丽斯摇了摇头。

"一共有三只，说好把母的给你的时候，就只剩最后一只了。"

希梅娜看着她，好像想用眼睛对她说出世界上所有的脏话。达玛丽斯觉得希梅娜盯着她看得太久了。

"在把我的小母狗给别人前，你应该先给我打个电话的。"希梅娜终于说话了。

"我想过给你打电话，但你之前没接我的电话，所以……"

"怎么？那你就以为这次我也不会接吗？"

达玛丽斯低声说："或者你已经不想要小狗了。"

"你错了，你心知肚明，你应该先给我打电话的。"

达玛丽斯没有再说什么，因为说什么都没用了。希梅娜转身要走，恰好遇上达玛丽斯的母狗正沿着台阶往上走。最近它不仅会跑进丛林，还会到村里去。它不喜欢水，但还是学会了游泳，在涨潮时也可以游过小海湾。它的爪子上沾了泥巴，身上湿漉漉的。希梅娜不再生气了，她看向达玛丽斯。

“这就是那几只小狗的妈妈？”她问。

“是的。”达玛丽斯说。

“真好看，我想我的那只小狗也是这么好看的。现在我只能空着手回去了，真让人伤心。”

希梅娜继续往前走。母狗开始朝达玛丽斯摇尾巴，达玛丽斯却讨厌它。它走了一个星期，现在浑身脏兮兮地回来，家里都要被它弄脏了。

※

那天晚上，达玛丽斯不带恶意地盯着母狗看了很久，之后，她把它拴了起来，用手抚过它的背部。自从它生了小狗后，达玛丽斯就再也没有这样摸过它了。

第二天早上，她给母狗拴上绳子，带着它去了村里。海水已经退了下去，她和母狗走过沙滩，巨大的灰色沙滩像大海也像天空。渔夫都坐船出海了，沙滩上只有几个光着身子、流着鼻涕的孩子在垃圾堆里玩耍。大雨下了一整夜，现在还滴着一点毛毛细雨，但就像没下一样，丝毫不耽误人们做事。雨水总是那么清爽，似乎可以将世界洗刷干净，而事实上，正是雨水让所有东西都蒙上了一层霉菌：树干、码头的水泥柱子、电灯杆、木头房子下的桩子、木板墙、用锌板和石棉铺成的屋顶……

她们向前走着，几只流浪狗懒洋洋地从屋子和餐厅下面跑出来，小跑到母狗身边，在它周围嗅来嗅去。让达玛丽斯失望的是，母狗竟然冲它们摇尾巴，这说明它认识它们。看见埃罗迪亚夫人没在店里，达玛丽斯松了一口气：她不知道该怎么解释自己要去做的事。

她们离开沙滩，走到铺着石子的路上，经过一排房子、商店和小酒馆。那些酒馆都是木头房子，比沙滩上的看起来好一些，涂着五颜六色的油漆，门前的花园里种着兰花。她们穿过军用机场，经过鲸鱼公园——在合适的季节，从那里可以看见鲸鱼跃出水面，然后到了邻村。

天空依旧阴沉沉的，但雨已经停了。希梅娜正在准备摆摊。她小心翼翼地把她的手工艺品放在天鹅绒布上，整齐得像用尺子画的直线。当她们走近，特别是停在她面前时，希梅娜惊讶地抬起头来。

“你在这儿干什么？”

“我来把它带给你。”

“你的这只狗？”希梅娜惊讶地问道。

“如果你要的话。”达玛丽斯说。

“我当然要！”希梅娜高兴地说，蹲下来抚摸母狗，“它是我的小西蒙的姐妹，我怎么会不要它？”

突然，她停住动作，抬头看着达玛丽斯，眼中充满怀疑。

“你为什么要把它送给我？”

“因为你比我更爱它。”

这个解释似乎让希梅娜很满意。

“你家的狗太多了，”她说着，又摸了摸母狗，“它叫什么名字？”

“绮里。”

“泥好啊，我的小绮里，”希梅娜抚摸着狗的头和背，口齿不清地说着，“泥好啊，美里的小狗狗，你好吗？”[1]

母狗朝她摇了摇尾巴。

“你要拴好它，”达玛丽斯提醒道，“至少要拴到它习惯为止，不然它会跑掉的。”

“当然。”希梅娜说。

※

但几天后，母狗又跑回了悬崖上的房子里。达玛丽斯正在看电视剧，她不得不匆忙关掉电视，走出屋子把母狗赶走，好让它知道自己不受欢迎。她做了各种手势，发出威胁的声音，但母狗不怕她，只是躲去了大房子底下。达玛丽斯想用扫帚把它赶出来，母狗就躲到中间，连用来清洁泳池的网杆子也够不着它。

---

① 此处用错别字表示说话人发音不准。

如果达玛丽斯的手机还有话费，她肯定会给希梅娜打电话，让她过来把母狗领走，这样问题就解决了，她可以继续看她的电视剧。但没有钱，她只能恼火地在心里咒骂希梅娜。“蠢女人，”她说，“怎么回事，我不是跟你说过要拴住它吗？”她继续说着，好像希梅娜回答了似的，“哦，你确实拴了，是吗？但是没拴好，你这个傻子、笨蛋，你都满头白发、满脸皱纹了，还没学会打个该死的结吗？”达玛丽斯绕着大房子走来走去，一只手把杆子往里捅，另一只手摸索着地面，一边骂骂咧咧，好像真的在和人吵架似的。罗赫略正在外面修剪罗莎夫人家的草坪，如果他瞧见达玛丽斯这会儿的样子，肯定会觉得她疯了。

达玛丽斯很快就知道自己该怎么办了。她把杆子扔在地上，走到洗衣池前，将家里最大的水桶装满水，抓起一个小瓢，回到大房子边，蹲在离母狗最近的地方朝它泼水。只有几滴溅到了它身上，但母狗非常讨厌水，这足以把它逼出来了。母狗跑到了花园里，达玛丽斯蹑手蹑脚地走过去，趁它没留意，看准时机从身后把整桶水倒在了它身上。

母狗吓得跳了起来，困惑地，也或许是惊恐地看着达玛丽斯，然后它小跑着远远躲开了达玛丽斯，离开这个曾经站在它的一边，现在却彻底背叛了它的人。它夹着尾巴，不时回头看，以防她走到身后伤害它。达玛丽斯觉得，这一次，她们之间的纽带彻底断裂了，再也无可挽回。出乎意料的是，她竟然感到心痛。

它曾经是她的狗：她救了它，抱过它，教它吃东西，教它在哪里大小便，教它听话，直到它长大了，不再需要她了。达玛丽斯一路跟着它穿过花园，看着它跑到悬崖的台阶前，下了台阶，跑过干涸了的海湾，甩甩身子，在放学回家的孩子们中往前走，头也不回地消失在村里。达玛丽斯感觉自己快哭了，但她终究没有流下眼泪。

※

第二天早上，母狗回到了凉棚里，躺在原本放着它的床的地方。一看到达玛丽斯，它就站起来跑远了。达玛丽斯想走近抓住它时，它跑出了凉棚，也不管外面下着大雨。于是达玛丽斯假装自己不想理睬它，藏起绳子，点燃柴火，开始煮咖啡，不再看它一眼。

母狗在凉棚屋檐下待不了太久的，雨水沿着屋檐流下，把它淋得透湿，而里面又干爽又安全。凉棚这一侧的门紧挨着炉灶，达玛丽斯耐心地等着母狗进来，看准时机抓住了它，像绑母牛一样套住了它的脖子。她不断收紧手中的活结，控制住母狗，到她可以走近时，才把活结打开，按罗赫略教的方法，把绳子绕过母狗的腿，绑在背部，以防把它勒死。

昨晚又下了一场大雨，现在雨势虽已减弱，但一点没有停的迹象。潮水高涨，海浪翻滚，卷走了沙滩上的棍子和树枝。罗赫略已经醒了有一会儿了，但大雨让他没法走出茅屋。看见达玛丽斯和狗朝悬崖的台阶走去，他把头伸出窗外。

“你要出去？”他惊讶地问道。

达玛丽斯说是，告诉他咖啡已经煮好了，在凉棚里。

“你去哪儿？”

“把狗送走，再买些东西。”

“把狗送去哪儿？”

“要这狗的女人那儿。”

“你把它送人了？为什么？”罗赫略不解地看着她。

她耸了耸肩，他继续问：“你不能等雨停了，海浪小点再去吗？”

“不。”她说。

罗赫略不赞同地摇了摇头，但他不再劝阻她，也没有继续问下去。

“帮我带四节手电筒的电池。”他说。

达玛丽斯点了点头，继续和母狗往前走。带着狗，她没法坐小船穿过海湾，于是她们顶着趋近尾声的暴风雨，游了过去。游过海湾后，达玛丽斯回头望向悬崖。罗赫略还在窗边看着她们。

※

她们一路冒着雨走到了邻村，到的时候全身湿透，瑟瑟发抖。卖手工艺品的街上一个人都没有，希梅娜不在，其他的原住民也不在。达玛丽斯又往前，走进几米开外的一家大商店。一个高高瘦瘦、浅色眼睛的小伙子告诉她，希梅娜可能住在阿拉斯特德罗湾边上。那是个长长的海湾，一直延伸到下一个村子。

去阿拉斯特德罗湾的路上，达玛丽斯又进另一家店问了一样的问题，确认希梅娜就住在前面岔路的尽头，不到码头的位置，在路左侧的一个蓝色房子里。这时，雨已经变成毛毛细雨。她们到希梅娜家时，雨完全停了。

希梅娜家看上去像个扑通掉进了泥潭里的玩具屋，落在那条通向阿拉斯特德罗湾的脏兮兮的路上。房子刚上了颜色鲜艳的新漆，宝蓝色的墙，红色的门窗、屋顶和门廊栏杆。门开着，屋里传来震耳欲聋的雷鬼音乐。

达玛丽斯走上门廊，可以看见屋里。厨房在屋子尽头，正对着客厅，有个女人在那儿翻动着炉子上锅里的东西。她看上去和希梅娜年龄相仿，甚至更年轻一些，两个人长得很像。客厅里，两个村里的黑人小伙子瘫在沙发上，光着上身，赤着脚。一个只穿着内裤，扎着小辫，另一个剃光了头发，穿着牛仔短裤，脖子上挂着条亮闪闪的项链。希梅娜面对他们坐在一个小木凳上，一手拿着啤酒，一手拿着香烟。她低着头，头发散乱。此时是早上九点，而他们看上去要么是喝醉了，要么是嗑药了，或者两者兼有。

“早，”达玛丽斯打了声招呼，但没人听见，“嘿！”她提高了音量。

只穿着内裤的小伙子回头看她，达玛丽斯认出了他。他是埃罗迪亚夫人的孙子。他提醒希梅娜看门口，后者用迷蒙的双眼打量着站在门口的达玛丽斯和母狗。她在满是烟蒂的烟灰缸里摁灭香烟，站起身，摇摇晃晃地朝她们走来。她的脚步轻飘飘的，似乎随时都能飞起来。她走到门口，扶住门框。

“我的小狗狗，”她口齿不清地说道，“别告诉我你是从你家里把它带来的。”

“是的。”

“我不小心让门开着，就那么一小会儿，它就跑了。”

“从昨天下午开始，它就一直在我家。”

“我原本想要去找它的，但来了几个朋友——”希梅娜指了指那两个小伙子。

“它是你的狗。”

“我知道。”

“拴住它，锁住它，关好门……不管你用什么方法，别再让它跑了。”

“好。”

“希望没有下一次了。下一次我就不会再把它带来还给你了。”

喝醉了的希梅娜顺从又殷勤，一点也不像她清醒时那样好斗。

“别担心，我会照顾好它的。”她说。

达玛丽斯将手中的绳子递给她。希梅娜接过绳索，蹲下来想摸摸狗，却一下子跌倒在地上。回家之前，达玛丽斯看到的最后一幕是希梅娜坐在地上，双腿分开，像个碎布料做成的玩偶。母狗夹着尾巴，面朝达玛丽斯，难过地看着她，好像被扔在了屠宰场里。

※

达玛丽斯在海梅先生的店给手机充了钱，给她和罗赫略的手电筒买了电池，还买了很多食物。这星期他们收到了照看罗莎夫人房子的工资，罗赫略用流刺网捕了好多鱼，在合作社卖了个好价钱，所以她才有钱买这么多东西，还能把之前赊的账还上。她从胸罩里拿出一把潮湿的钞票，交给海梅先生，还剩一点钱可以买下个星期的食物。

达玛丽斯整晚都在做饭，她炸了很多鱼，做了汤、米饭和沙拉。她留了一部分作为第二天的早饭和午饭，将剩下的装好给罗赫略——他又要出海了。长长的船就停在码头，装满了各种工具，等待出发。达玛丽斯很高兴。罗赫略可能要离开好几天，她盼着能有一段独处的时间。

天还没亮时罗赫略就走了，达玛丽斯一直睡到下午。那天她什么也没做。前一晚还有剩菜，她甚至不用做饭。她把床垫搬到客厅中间，躺在上面看电视。她没洗澡，只在去厕所、吃饭和喂狗的时候才会离开床垫。如果狗饿了，它们会在门口一直看着她。她直接端着锅吃饭，自慰了两次——一次在上午，一次在下午，看了所有的电视剧、新闻和真人秀。晚上，狂风大作，电闪雷鸣，暴风雨中，家里断电了，达玛丽斯这才去睡觉。

第二天，天空晴朗，完全看不出暴风雨的痕迹。达玛丽斯精神饱满地醒来，决定要给大房子做个大扫除。她穿上紧身短裤和那件干活穿的褪了色的无袖衬衫。上午，她集中精力打扫了厕所和厨房。她清空了橱柜和厨房的抽屉，好打扫得更彻底，还把餐具和厨房里的所有东西都洗了一遍，擦了窗户和镜子上的油渍，也擦了洗碗池、淋浴间、洗手台、地板、墙壁、阳台的小瓷砖和瓷砖之间的缝隙。一些瓷砖已经有缺口了，镜子上也长了很多小霉点，洗碗池和洗手台上生出了一些锈迹，但除此以外，一切都一尘不染。达玛丽斯满意地看着自己的劳动成果。

到了中午，她去凉棚做了她最喜欢的饭菜：米饭、煎鸡蛋、加盐的生番茄片，还有烤青香蕉片。她吃得很慢，一边吃一边看着大海。暴风雨过后的大海风平浪静，一片蔚蓝。她想起了雷伊斯一家。他们总有一天会回来的，她希望他们回来那天也有这样的好天气，最好能碰见她正满头大汗地清洁大房子，看见她身上的紧身短裤和干活穿的无袖衬衫被弄得脏兮兮的。这样，他们就会发现，尽管他们一个子儿都没给，但她还是一个那么勤劳善良的人。

她想起了死去的小尼古拉斯，他的笑容，他的脸庞，他在泳池里翻滚的样子。那天，他们像大人一样，严肃地握了手，做了一个约定。他还告诉她，自己房间的窗帘、床单上的动物和孩子来自他最喜欢的电影《森林王子》，它还有一本同名的书，讲的是一个孩子在森林里迷路后被动物救了的故事。“动物救了他？”达玛丽斯疑惑地问。小尼古拉斯说，是的，一头豹子和一群狼救了他。达玛丽斯不禁笑了，她觉得这是不可能的。

这些回忆看上去很快乐，实际上却很可怕，因为它们最后总把她带向同一个场景：瘦削、苍白的小尼古拉斯，站在悬崖边上。“该死的海浪，把他带走了。”达玛丽斯对自己说。不，该死的是她，她没有制止他，没有劝阻他，她就站在那里，却什么都没做，甚至没有喊一声。

达玛丽斯又感到了那份沉重的罪恶感，时间仿佛停滞了。她想起了雷伊斯一家的悲痛，舅舅的鞭打，人们看她的眼神——他们知道她熟悉悬崖，知道有多危险——在指责她本该阻止这场悲剧，还有卢兹米拉的话。悲剧发生的几个月后，一个黑暗的夜里，睡觉前，卢兹米拉暗示达玛丽斯忌妒小尼古拉斯。“因为他有雨鞋呀。”她说。达玛丽斯很生气，回答道：“是你忌妒他吧。”直到卢兹米拉道歉，达玛丽斯才重新和她说话。

现在，达玛丽斯定定地看着打磨光滑的水泥地面出神，她想起了她的妈妈，想起了妈妈去布埃纳文图拉、把她留在埃利克舅舅家的那天。那时她才四岁，穿着一条别人穿过的旧裙子——对她来说有点小了，扎着两条短短的辫子，像两根天线一样竖在头上。那时没有码头，也没有快艇，只有一艘每周来一次的船，人们从沙滩上坐小船到海上登船。达玛丽斯和舅舅在沙滩上，母亲立在浪花尖上，裤腿卷起。她正准备踏上送她去大船的小船，但达玛丽斯的记忆中只有母亲走向大海、消失在海中的情景。那是她最初的记忆之一，总会让她感到孤独，忍不住哭泣。

达玛丽斯擦干眼泪，站了起来。她洗完碗碟，回到大房子继续干活。她将客厅和房间的窗帘拆下，拿到洗衣池里洗干净。她将小尼古拉斯房间的窗帘放在一边——她总是单独洗他房间的窗帘，小心翼翼地、轻轻地搓洗。洗窗帘是件累人的事，不仅要细心，还要力气，尤其是洗客厅的窗帘，它很大，可以遮住从天花板到地面的落地大窗。洗衣池不大，每次只能清洗窗帘的一段，她弓着背，一遍又一遍地用力搓洗，直到泡沫把污渍都带走、水池里的水变得澄澈为止。她就这样分段洗着窗帘，背开始又酸又痛，那双男人般笨拙的手却没有停下，想着他们没付给她一个子儿，想着她确实忌妒小尼古拉斯，但不是因为他的雨鞋或其他漂亮的物件——新衬衫、圣诞节的玩具、房间里以《森林王子》为主题的窗帘和床单，而是忌妒他和爸爸妈妈住在一起。路易斯·阿尔弗雷多先生会对他说“好小子，我们来掰手腕吧”，然后总是让他赢；埃尔维拉夫人总在他回到家时微笑着，伸手帮他整理头发。达玛丽斯告诉自己，她活该承受所有的鄙视、怀疑和指责，活该被埃利克舅舅打，埃利克舅舅应该更狠、更久地打她。

当她洗完窗帘时，太阳已经收起了光芒，快要下山了。大海仍然一片平静，像一座巨大的泳池，但达玛丽斯不会被这种表象欺骗。她很清楚，这邪恶的猛兽会把活人吞噬，再把死人吐出来。她在洗衣池那儿洗了个澡，将窗帘挂在凉棚的绳子上晾干，然后吃完了锅里剩下的米饭。她突然想起一直没看见那几只狗，于是想找它们给它们喂食，却到处都没找到。她穿着干活的衣服进了茅屋，躺在电视机前的床垫上，想休息一会儿，但她看着电视剧睡着了，睡得像死人一样沉，直到第二天早上才醒来。

※

夜里没有下雨，早上天气非常好。达玛丽斯关掉开了一整晚的电视，打开茅屋的窗户，让阳光进来，然后走向凉棚，准备煮一杯咖啡。眼前的情景让她惊呆了。

小尼古拉斯的窗帘掉到了地上，沾满了泥，支离破碎。达玛丽斯弯腰想把窗帘捡起来，却只捡起了一块碎布。窗帘已经被彻底撕碎了，没法修补了。那可是小尼古拉斯的《森林王子》主题窗帘啊！

她看见了那只母狗。它就在凉棚里，躺在灶台边上，在那些它没碰过的、仍挂着的窗帘后面。达玛丽斯脸色铁青，抓起固定快艇的绳索，打了一个活结，从泳池的一侧走出凉棚，绕了一圈到灶台旁，还没等狗反应过来就从身后套住了它的脖子。达玛丽斯用力扯着绳索，收紧活结。她没有停手，也没有把活结打开套在狗的腿上，而是用尽全身力气继续拉紧绳子。母狗就在她眼前挣扎着。她的眼睛似乎什么都看不到了，只看到母狗那胀大的乳头。

“它又怀上了。”达玛丽斯一边对自己说，一边更用力地拉着绳子，活结越来越紧，直到母狗奄奄一息地倒下，在地上缩成一团，一动不动。一摊散发着呛人气味的黄色尿液慢慢流向达玛丽斯，在地面留下越来越长、越来越细的痕迹，一直淌到她的脚边。达玛丽斯光着脚，这时才回过神来。她松开绳子，躲开那摊液体，走到旁边用脚碰了碰狗。母狗一动不动，达玛丽斯这才意识到自己做了什么。

她惊慌失措地丢下绳子，盯着死去的母狗和那摊黄色的尿液，绳子像毒蛇一样蜷曲在地上。她惊恐地看着这一切，但内心又有一种不敢承认、想要掩埋在其他情绪之下的满足感。达玛丽斯筋疲力尽，跌坐在地上。

※

她不知道自己在那儿坐了多久。对她来说，那段时间似乎没有尽头。她爬到了母狗身边，想把它脖子上的绳结松开。她怎么也打不开。又一段无尽的时光过去，她起身，抓起一把大刀，砍断了绳子。狗脖子上的绳子松开了，达玛丽斯很想摸摸它，但她没有。她只是看着它。狗像是睡着了一样。

接着，浑身酸痛的达玛丽斯抱起它，往丛林中走去。达玛丽斯走过小河，把它留在丛林深处的一棵合欢树旁，地面上覆盖着一层树叶和合欢树毛茸茸的白花。那是一个很美丽的地方，总会勾起她美好的回忆。以前，她、小尼古拉斯和卢兹米拉三个人总会爬上这棵树找果子。离开前，她又看了母狗好一会儿，仿佛在祷告。

达玛丽斯将小尼古拉斯破碎的窗帘叠好装进塑料袋，放进他房间的衣柜里，和他的衣服、樟脑丸放在一起。看着光秃秃的窗户，想到雷伊斯一家人来到已故儿子的房间，看见窗帘没了时的反应，达玛丽斯感到很心痛。她还想到了罗赫略，他肯定会说“早就知道那家伙会这么做了”之类的话。“该死的母狗，”达玛丽斯一边说着，一边用旧床单遮住窗户，“罪有应得。”

大房子还没打扫完。她还要整理衣柜，给木地板上蜡，洗床单，但那天她没有心情做别的事了，也没有心情做饭吃。那三只狗还没回来，她也不用喂它们。她躺在床垫上，又看了一天的电视。晚上，天开始下雨，屋里又停电了，但到了深夜她还是睡不着。

那晚的雨非常大，但没有风，雨水直直地落到石棉屋顶上，滴滴答答地，盖过了所有其他的声音、所有其他的感觉。达玛丽斯觉得自己再也没法忍受了，一分钟也不行。她无法忘记发生的事情，无法忘记自己对母狗做了什么：扭动着手臂拉扯绳子，母狗奋力反抗，她用尽全身力气拉紧活结，直到母狗不再挣扎。她杀了母狗。达玛丽斯想，这不是件难事，也没花上多长时间。

于是，她想起了那个用斧头将丈夫肢解的女人。她把丈夫的尸体喂给了豹子——新闻里说那动物是美洲豹。事情发生在南圣胡安的一处自然保护区，豹子是关在笼子里的。那个女人说，她没有杀她的丈夫，他是被矛头蝮蛇咬死的，他们周边什么都没有，也没有任何通信工具，她不知道要怎么处理尸体。她没法将他埋到土里，因为雨林的泥土像黏土一样硬，她挖不出那么大的坑。与其把他扔到海里或让他被兀鹫吃掉，不如把他喂给一直吃不饱的美洲豹。没有人相信她说的话。一个可以将丈夫的尸体剁碎再喂给美洲豹的女人，内心一定充满愤怒，愤怒到必须杀死她的丈夫。

在警察把她从圣胡安带到布埃纳文图拉的路上，他们在村里停留了一下，全村人都跑去码头看她。她戴着手铐，又长又黑的头发遮住了脸庞，但人们还是看见了她的双眼。普通的棕色眼睛，属于白种女人的眼睛，在别的情况下，没有任何人会记得。但她的眼神毫不躲闪，那样锐利的目光，始终直视着眼前的人群，让达玛丽斯永远无法忘怀。那是一个杀人凶手的眼神，她现在一定也是这样的眼神，毫无悔意、如释重负的眼神。

希梅娜没有照看好那只母狗，它又怀上了。不管达玛丽斯将它送走多少次，它总想溜走，想回到它心中的家。它最终会在凉棚里分娩，达玛丽斯又得帮它照顾小狗，它已经证明了它是个糟糕的母亲，会把小狗抛弃，谁知道这次它会生下多少只小狗，其中又有多少只没人想要的母狗呢？到时候她可能真的得把一整窝小狗丢下悬崖。到那时，她杀的就不是一只狗，而是很多只狗了。现在，她只要杀一只狗就能解决所有问题了。

达玛丽斯留下母狗的那个地方很完美。离道路很远，藏在茂密的树丛后，没有人会到那儿去。如果村里的人看见兀鹫，只会认为是什么野生动物死了，一只老鼠、一头鹿或是一只树懒，在拉德斯彭萨附近就死过一只树懒。另外，只要两三天，这片雨林就能把尸体变成白骨。到那时，她可以趁着退潮时悄悄把骨头扔到海里，让海水带它到远方，神不知鬼不觉。达玛丽斯祈祷罗赫略在她处理完尸体前不要回来。“我赌他不会。”她乐观地想。

如果希梅娜问起母狗——她肯定会问的，达玛丽斯就说自己没见过。“怎么了？”她会装疯卖傻，“难道它很久没回去了？”“这么久?！”在希梅娜回答前，达玛丽斯会说，“那你今天才来找它？你真是不负责任，天知道那只可怜的母狗现在在哪儿呀！如果我早知道你不会照顾它，我才不会把狗给你。”

现在，达玛丽斯只希望港湾里那些认得它一身灰毛的邻居今早没看见它爬上台阶，希望希梅娜不要抓住这点不放，像那天一样凶巴巴地来找她，或者更糟糕——责怪她，她见识过希梅娜如何无凭无据地说邻居毒死了她的狗。

为什么我要把电话号码给她呢？达玛丽斯自责地想着。为什么我要说，如果狗再跑掉，我就不会再把它带回去呢？为什么我当时坚持要希梅娜自己过来找狗呢？

达玛丽斯现在最不想要的就是希梅娜自己过来、出现在这儿了。“不会的，”达玛丽斯冷静下来，“她肯定还和那些小伙子在一起，酩酊大醉，还嗑了药。”

天渐渐亮了，雨势也变小了。达玛丽斯理清思绪，起了床。她整个晚上都没合眼，但她不觉得累。一到凉棚里，她就闻到一股刺鼻的酸臭的尿味：她忘了清理狗尿了。她没有煮咖啡，而是到洗衣池拿出清洁剂和工具。她跪在地上擦地，不只是沾过狗尿的地方，还有整个凉棚的地面，又用拖把拖干。她深吸了一口气。尿味似乎没有散去。在再次清洁之前，她决定洗个澡，以防味道是从她自己身上发出的——她的手、膝盖和短裤可能沾上了狗尿。

达玛丽斯走到洗衣池旁，用瓢往身上舀水。还是闻得到狗尿味。她用蓝色的洗衣皂搓洗了全身，将泡沫冲干净。味道还是没有散去。于是，她拿起用来梳头和挤粉刺的方镜，想看看自己的眼神是不是变得和那个将丈夫肢解的女人一样。她觉得是的，人们会认出她来，会知道她做了什么。接着，她盯着自己那双宽大、粗糙的手——她就是用这双手杀死了腹中怀着小狗的母狗，她似乎看到了绳子勒在手上的印迹。她痛苦地抬头，似乎在向上天祷告。兀鹫已经来了。

一些兀鹫绕着她留下母狗的地方转圈，另外一些落在合欢树附近一棵高高的枯树上。树上的兀鹫弓起身子，看着树下，似乎只待有人一声令下，它们就会扑向食物。来了很多兀鹫，比乔苏和树懒死的时候多得多。达玛丽斯浑身湿透，散发着狗尿味，从洗衣池穿过花园，跑到悬崖的台阶上，想看看村里的人是不是察觉了山上的兀鹫。

她探头往外看，但没来得及仔细看人们时常聚集的沙滩或码头，或海湾边的房子。首先出现在她视野中的是对面的希梅娜。海浪很高，希梅娜卷起了裤脚，坐在一艘小船上。住在港湾附近的一个渔夫正划着船朝悬崖这边驶来，希梅娜和他说个不停。她什么都有可能说：邻居的闲话，这个天气晴朗的早晨。但达玛丽斯觉得她在说那只母狗，她觉得渔夫在告诉她，昨天见到那只狗爬上了悬崖。达玛丽斯想躲起来，但渔夫指了指悬崖，两人抬头看向天空中乌黑的兀鹫，也看见了来不及躲起来的达玛丽斯。希梅娜举起手，好像在跟她打招呼，但达玛丽斯觉得那是一个威胁的手势。她不知道该怎么办了。

一开始，达玛丽斯考虑过在原地等希梅娜过来，让她看看自己那凶手的眼神和双手，闻闻狗尿味，而自己就接受应有的罪责和惩罚。但接着她告诉自己，希梅娜和村里的人都不能给她应得的惩罚。于是，她想，也许她应该到山里去，就这么赤着脚、穿着紧身短裤和无袖衬衫到山里去，去拉德斯彭萨、养鱼场和海军基地，去那些她和罗赫略去过的和没去过的地方，像那只母狗和小尼古拉斯窗帘上的小孩一样，消失在丛林最恐怖的深处。

沙子

他走出浴室，头上顶着和学校里十四岁的男孩一模一样的发型。

“亨利，这发型是怎么回事？”我问他。

他从头顶到额前的头发都压塌了，额前挂着一片鬃毛刷似的刘海。他耸了耸肩。

“你觉得好看吗？”

他又耸了耸肩。

“你的头发都塌下来了。”

他再次耸了耸肩。

“头发都往前塌了，”我说，“还有那片刘海。”

眼见他还只是耸肩，我抓住了他的手。

“来——”我说着，将他拉到浴室，让他看看洗手盆上方大镜子里的自己。

这个我称之为浴室的地方，其实只是一个装有洗手盆和抽水马桶的小房间；而所谓的洗手盆，不过是一个旧的瓷盆，我们用罐子从井里打水倒在里面用，早上再把脏水舀出来倒在菜园里。我们一滴水都不能浪费。

“你看，”我拿出修眉时常用的小镜子，把它放在亨利的脑后，让他也从后面看看自己的发型，“看看你自己。”

他看了看大镜子，又看了看小镜子，从前面和后面认真地端详着自己的发型，似乎在研究什么。

“这是十四岁的男孩留的发型，亨利，你已经四十多岁了。”

他看着镜中的自己，没有搭理我。等端详完，他向客厅走去。我跟在他身后。

“你打算就这样吗？”

他什么都没说，只是任我跟着他在房间里打转。我觉得难以置信：“你真的打算就这样吗？”

亨利依然不打算说点什么或做点什么，他无意回浴室好好弄一下发型，甚至不愿意在原地用手随便整理一下头发。

“我可以帮你弄一下头发吗？”我问他。

终于，他停下来看着我，似乎准备回应我了。但他没有，他什么也没说，而是径自走向那个堆满了白色塑料椅的角落。他从那叠椅子中抽出一张，坐了下来，双臂交叉着。

亨利的个子很高。现在他坐下了，我就摸得到他的头发，可以帮他整理发型了。我伸出手慢慢走近他，好让他知道我想要做什么。他坐在椅子里没有起身，却像斗牛士一样迅疾地推开了我，把我吓了一跳，我立刻停住了手。他收回目光，双眼又定定地看着我。

“要是你还说……”他警告我。

我打消了替他整理头发的念头，决定不再烦他。我拿起放在墙边的扫帚，开始清理客厅的地面。但是，不到一分钟，我又回到这事上来了。我和他说了很多。我问他是不是正面临中年危机，步入四十岁是不是让他不好受，他是想让自己看上去更年轻些吗。

“像十四岁的男孩那样？”我语带嘲讽地问。

我告诉他，不管他尝试什么发型，他看上去都不会像十四岁；我还说，即使是学校里十四岁的男孩，留这个发型也会很滑稽，何况是他，他是学校里的老师，年纪够当那些孩子的父亲了。

“甚至祖父，”我说，“亨利，你看你，眼角已经有了皱纹，屁股下垂，胡子都开始白了。”

我还说，他一个四十多岁的老头子，还想打扮成十五岁的样子呢，真是滑稽，滑稽死了。

“还是十四岁啊？”我再次嘲笑道，问他是否需要再照一遍镜子，要不要把镜子给他拿来，问他是瞎了还是疯了，是不是还要戴耳钉，那种十四岁男孩戴的亮闪闪的饰品，是不是还要让裤子往下掉，好露出内裤的牌子。

他只是沉默地看着我，目光像水潭一般深不见底。有那么一瞬间，我以为他听到我说的话了，以为他会有什么反应，或者等我说完他就会去换一个发型，改回他平日里那个看起来没什么精神、有些凌乱的发型。说实话，他的头发正在慢慢变得灰白。

他可能会说，是的，步入四十岁对他的影响很大，他很不好受，而我会拥抱他，他会顺从地接受，然后我们会一起大笑。我会说，幸好我们没什么钱，而他会回答，如果有钱的话，他早就给自己买一辆红色敞篷车了。我们会被自己逗笑，被时间沉淀下来的那些东西逗笑，因我们内心深处的那些猜忌而发笑。

然而，他却突然站了起来。我本能地往后退，像一只受惊的小动物。我觉得他可能会大喊，甚至举起手打我一巴掌，好让我住嘴。但他并没有。

"我走了。"他不慌不忙地宣布，接着他真的走了。

我继续扫地，想着他应该是去散步了，穿过坟场，离家和村子越来越远。他成了远处的一个小点，一个在巨大的荒凉之地中移动的小点。

我清扫了整个房子，所有房间的地板、墙壁、家具、画像，甚至还清理了天花板。我将角落里的沙子都扫了出来，桌脚后的、垫子下的、地板和墙壁缝隙里的、画框上的、天花板竹席吊顶上的和房子角角落落里的沙子。清扫完沙子，房子变得一尘不染。之后，我到井边洗澡，用加拉巴木果壳杯舀水，好让水都落入浇灌菜园的桶中。我冲走身上的汗水，仔细地把那些沾在身上和藏在皮肤皱褶中的沙子洗掉。

我回到家时，亨利已经回来了。他关上了家里所有门窗，只差把门口的黑色塑料布展开铺好，以抵御夜晚的寒冷和沙尘暴。亨利坐在门口的板凳上，定睛看着夕阳。他浑身脏兮兮的，满是汗水。

“真美呀。”我一边说着，一边走到他身旁。

太阳就像一个巨大的火球，滑过地平线。我很高兴。房子和我都干干净净的，我已经把亨利的发型抛诸脑后，甚至没留意他的发型有没有变化。我根本想不起留意他的头发了。我转头看向他，问他散步怎么样，而他，刚解开鞋带，正脱下一只靴子，靴子里的沙子落在门口的地面上。

“亨利，你在干什么？”

“我正在脱靴子。”

“你没发现家里有什么变化吗？”

“家里干净得闪闪发光，”他的神情和语气让我无法辨别他这么说是成心的还是无意的，“就像你一样，非常干净。”

我看着他，试图理解这话的含义，想看看他接下来还会做什么。他脱下另一只靴子，地上出现了另一堆沙子。我还是不相信他是故意那么做的，直到他拿起两只靴子，举给我看，在我面前把一只靴口朝下，将里面的沙子都抖出来，抖到沙子没了为止。

“混蛋！”我对他说。

坐在板凳上的亨利看了我一眼，然后把靴子的靴口对准我，将里面的沙子朝我脸上甩来。我以为他是无意的，他糊涂了，这是一个意外或者玩笑，他会跑过来帮我把脸上的沙子擦掉，牵着我到浴室，说他很抱歉，说他不知道自己怎么了。但是沙子眯了我的眼，而他扯开绑着黑色塑料布的绳子，封住了门口。外面是沙漠和余晖，房子里却瞬间进入了黑夜。

“这就是你想要的吗？”亨利吼着，猛地站了起来。

我绝望地想把眼睛里和脸上的沙子抹掉，而这一次，我没有时间后退了。

骨头和毛发

美洲豹

在哥伦比亚最东边的奥里诺科省，一个德国旅行者告诉我，在哥伦比亚最西边的太平洋保护区里，有一头美洲豹。他告诉我，人们会给它戴上项圈和牵引绳，把它当狗一样遛。美洲豹不是可以被驯服的动物。我一定要去看看这头美洲豹。

我坐大巴横穿整个国家，经过广阔的平原、三条山脉和灼热的山谷，到达了布埃纳文图拉。因为常年下雨，这里一切都显得灰蒙蒙的。我从这儿乘快艇前往胡安查科，那里是美洲豹保护区前的最后一站。绿色的海面翻起浪花，一个小时后，我到达了目的地。

胡安查科是黑人聚居区，这里的房子都是用木板建成的，还有一座混凝土码头，由附近海军基地的士兵看守。帕伊沙，一个负责安排旅游路线的白人，带我去了美洲豹所在的保护区。我们先骑摩托车到达雨林中的一座码头，接着坐快艇穿过一片浑浊的沼泽地，才到达我的目的地。

保护区的管理员冷冷地欢迎了我。他们把美洲豹关在一个运输用的小笼子里。它几乎不能舒展身体，转个身都困难。人们不再像遛狗一样遛它了，因为它抓伤了一名游客的腿。这让我很想哭。但负责照顾它、从铁栏间给它喂食的志愿者告诉我，他会为它造一个合适的笼子的。他剃光了头发，还发誓说，笼子不造好就不留头发。

鸟儿和蝴蝶

那个志愿者的头发现在已经长到耳朵边了，发色金黄。笼子很棒：里面有一棵可以让美洲豹攀爬的树，一个给它睡觉用的高台，一个供它游泳和洗澡的泳池。要造出这么一个笼子并不是件容易的事。雨林的条件有限：雨水，烈日，泥泞的道路，还要用快艇从布埃纳文图拉运材料过来。尽管他已经将这些情况都考虑在内，但因为他总是停下来抽大麻，造完笼子的时间比预计的还要长。他的口号是："我不是每天都干活，但只要干，就卖力干。"

我尽我所能地帮忙做些体力活，还捐了一些钱，但现在，除了将肉扔进笼子里，没什么可做的了。这项任务由我和他两个人一起负责，保护区里只有我们两个志愿者。我告诉他，我该离开了，他说他正打算把那栋废弃的房子整修一下。我装作听不懂他话里的意思，于是他补充道："这是为了你，为了我们。"

那栋废弃的房子位于保护区深处，远离美洲豹、小路、保护区管理处，以及游客和志愿者的住处。房子旁有一棵果树，树上的果子吸引了五颜六色的鸟儿和翅膀闪着蓝色金属光泽的巨大蝴蝶。房子在雨林深处，是开采木材时期为工程师们建造的，用混凝土建成。看起来像是曾经被刷成了白色。

我心里很挣扎。如果我留下，就会花光余下的钱，不能继续旅行了。但是，这里有一栋废弃的房子，还有鸟儿和蓝色的蝴蝶，以及这个在雨林中赤脚行走的强壮男人。我担忧地看着他，让他小心别被矛头蝮蛇咬了。

蟑螂、老鼠和蝙蝠

房子废弃了太久，里面满是蟑螂、老鼠和蝙蝠。最初几天，我们都在用熏蒸给房子消毒，拔掉水泥间的杂草，清理地板和墙壁缝隙中的黑泥，漂白潮气催生的霉菌。到处都在漏雨。

几周后，他就犯懒了，开始抽大麻。对此我早有预料，但我没想到情况会如此糟糕。他忘了自己的口号，什么活都不再干了，更别说卖力干。他整天躺在吊床上。晚上下雨时，家里就会漏雨，我们不得不把床放到客厅，那是家里唯一一处不漏雨的地方。我告诉他我真的要离开了，他不再摇晃吊床，承诺这次真的会整修房子，修补好漏雨的地方。

十个月后，他只把漏雨的地方修补好了。每当我感到绝望、威胁说要离开时，他就会修补新出现的漏雨处。房子还是老样子：到处是霉菌、潮斑、裂缝、黑泥，只要我一不留神，那些野草和潜伏在暗处的害虫就会再次成为屋子的主人。

现在，他的头发已经长到耳朵下面了。没有人来看美洲豹了，保护区的管理员很久以前就抛下自己的工作，搬到了布埃纳文图拉，我们一直用他寄来的食物喂美洲豹。我的钱已经花光了，但我想到我可以种香蕉，再把收成卖出去。

矛头蝮蛇

香蕉串非常重，我一个人搬不动。经过我再三恳求、威胁，并承诺将卖香蕉所得的一部分钱分给他后，他终于答应帮我割香蕉。很快他就回来了，空着手，倒在通向房子的路上。他的情况很糟糕，甚至没办法告诉我究竟发生了什么，但我很快就明白了：他被矛头蝮蛇咬了。

我检查了他的全身，发现伤口在右脚踝。

现在，我在想该怎么办。我知道，我必须将他送到胡安查科，请求那些士兵用直升机把他送到最近的医院。我该告诉他们“他是给美洲豹造笼子的志愿者”，这样他们就不能拒绝了。但胡安查科很远，保护区里没有人可以帮我一起抬他，我也没有办法打电话给帕伊沙，让他用快艇载我们过去。

我就这样想着，任由他躺在地上。上次附近有头鹿被矛头蝮蛇咬了，兀鹫和蛆虫把尸体吃得一干二净。三天后，那头鹿就只剩骨头和毛发了。

伦巴，是，棍子咬

他梦见耳边响起那首歌，唱着“伦巴，是，棍子咬”。当他醒来时，他听到那首歌响着，“伦巴，是，棍子咬”。尽管他用西班牙语思考、阅读、做梦，还能听懂黑人们的西班牙语——内地人觉得黑人说话时舌头打结，但他听歌词总是很费劲。他知道，副歌这句“伦巴，是，棍子咬”没有任何意义，他肯定是听错了。之前也有一首歌，他一直以为歌词是“我要在空中为你见一见舞姿”[1]，而实际上歌里唱的是“我要在空中为你建一间屋子”[2]。听了这

---

① 原文为“Te vio nacer una garza en el aire”，意思是“空中的苍鹭见证你的降生”，此处为表示与后文的歌词发音相近，译为“我要在空中为你见一见舞姿”。

② 原文为“Te voy a hacer una casa en el aire”。

事的罗莎哈哈大笑。那时候，他还会因为她这么取笑他而生气，但时间久了他就不在意了，甚至还和她一起大笑。

他坐在卧室窗边的轮椅上。他已经不能走路，也不能举起手臂，但他的手指还能动，还能拿起一些小东西。他的脸部肌肉还能动，面部表情还算正常，人们也能明白他说的话。

小时候，他曾住在爱尔兰，在那儿他认识一个耳朵可以动的男人。他觉得那男人的耳朵像一双萎缩了的翅膀，尽管它们已经不能飞翔，只能用来哄小孩，但他还是想要那样一双长在脑袋上的小翅膀。

有时候，他可以把脖子伸直。但那样的日子越来越少了，而今天恰好不在其中。医生说，他最好还是不要把头靠在轮椅的靠枕上，不然，脖子的肌肉会变得迟钝，加快萎缩。于是，他总是垂着头，头耷拉在一侧肩膀上，就像那些随时随地入睡的人一样。

他按下轮椅扶手上的前进按钮，离开房间，穿过客厅和那条通向老屋一侧的走廊。老屋那一侧是最先盖起来的。因为缺乏经验，或为了省钱，或故作特别，门设计得比一般的门要窄。来他们家帮忙做家务的达玛丽斯块头很大，没法轻易穿过屋里的门。轮椅也过不去。

他将轮椅停在新屋和老屋之间的那扇门边，束手无策，他已经进不去老屋那一侧了。那边的地板有些已经剥落了。他准备重新上漆，但在上漆前，他得让罗赫略先用机器打磨抛光，除去残留的旧漆。罗赫略是达玛丽斯的丈夫，他负责做家里的粗重活，但他嫌趴在地上的工作累人，总是找些屋外的急活去做。

从坐着的地方看过去，除了地板，他只能看到书房的一小角。罗莎不在那里。他又回到新屋的客厅，停在其中一角。如果他的头可以抬高一点点，他就可以看见阁楼了。那间阁楼以前是他们的卧室，现在变成了罗莎看书睡午觉的地方。

“罗莎！”他大声喊道。

她没有回答。

阁楼和书房在老屋那一侧，在它们对面是一个 L 形阳台，还有厨房——他引以为傲的作品。他用一棵倒下的树做了厨房的吧台，费大力气悉心打磨，令它呈现出树桩上自然的纹理。厨房的台面用两种大地色系的小瓷砖铺成马赛克，就像一幅拼图似的。所有人都对这间厨房赞叹不已。

尽管他现在已经不能在厨房里走动，也无法在里面做饭，但他对这个空间了如指掌，即使闭上眼睛，他也能将厨房看得一清二楚：瓷砖的颜色，柜子门上的把手，那些木板墙上的小洞，如同太空中的黑洞一般深不可测。

在他们加建新屋一侧的时候，他还没有得病。幸运的是，因为看见达玛丽斯在老屋中走动十分困难，他们便把新屋的门设计得比普通的门更宽。这样，他的轮椅才能在新屋里自由移动，连罗赫略做的那件笨重做作的大家具也不碍他的事——为了摆放罗莎在海滩上找到的贝壳和石头专门做的，看得出罗赫略没有做木匠的天赋。

除了卧室和客厅外，新屋还有一个四平方米大的浴室，里面有浴缸和几个壁柜。这是罗莎一时兴起设计的，而他喜欢其中的每一个细节：柜子宽敞的样式、每层搁板之间的距离、巨大的窗户，还有抽水马桶上的书报架。他凑过去，门开着，他探头往里看。罗莎不在里面。

他决定去屋外找她，于是下了斜坡。他们的房子是一间高脚小屋。他对每颗钉子、每条接缝和每块木头都了如指掌，这些都是他亲手切割接合的。以前身体还有触觉的时候，他会觉得自己和房子是紧密相连的，房子似乎是他身体的延伸。现在，只有听到轮椅经过地板时的咯吱声、闻到下雨天潮湿木头的味道时，他才能感受到它。

他可以从屋外透过大窗户看到书房。“伦巴，是，棍子咬”的歌声从连接着电脑的音响中传出，电脑放在书桌上，开着。看来罗莎不在那里。他继续向前，绕着厨房外的L形阳台转了一圈，来到后院，那里晾着达玛丽斯刚洗完的衣服。哪儿都找不到罗莎。

他最后一次看见她是在快要睡着的时候。透过房间的窗户，他看见她披着一件黄色睡袍，光着脚在屋前的花园里走来走去。她凌乱的白发胡乱扎着，脸上化着妆。最近她经常化妆：嘴唇涂成深棕色，两颊涂成粉红色，眼皮涂成蓝色。看上去就像个疯子。

“伦巴，是，棍子咬”的歌声终了，又重新开始播放。罗莎不经常放音乐，但只要放，她就会全神贯注地听。她一般会坐在书桌旁，在电脑前唱歌，或者站起来，闭着眼睛跟着音乐跳舞。有时候，她会痴迷于某一首歌，一遍又一遍地反复播放。

他担心她去村子里了。今天是周末。也许她的酒喝完了，而罗赫略和达玛丽斯今天不来，她就决定自己去买酒。没错，就那样穿着睡衣、光着脚、化着妆、头发凌乱地去买酒。

但是，他最担心的不是别人看见罗莎那副模样，而是她可能会从悬崖边的尖石台阶上摔下来，或是过海湾前的这一侧沙滩时在布满黄色水藻的石头上滑倒，或是在穿过湾口时被鞍鳒鱼刺到，或是到海湾的另一侧后，被生锈的钉子和碎玻璃扎了脚。村里的孩子无事可做时会朝海边的乱石堆里扔玻璃瓶子，消磨时间。

他几乎不用手机，有时候，他甚至不知道自己的手机已经没电了。他没花什么工夫就在轮椅旁的口袋中摸到了手机，但费了好大劲儿才把它拿出来。

“妈的，”他说，“妈的，妈的。”

他回到屋里，花了好一会儿才适应屋内昏暗的光线，还撞上了放贝壳和石头的架子。有什么东西掉到地上，碎了。是罗莎最喜欢的海螺壳，有六个尖角，大且稀有。他闭上双眼，倒吸了一口气。她会杀了他的。

他进入卧室，在床头柜上找手机充电器——他总是把它放在那儿。可床头柜和地上都没有，罗莎的床头柜里没有，柜子旁的插座上也没有。他又下了斜坡，探头透过窗户看向书房,想再仔细检查书房。充电器就在那儿，在播放着“伦巴，是，棍子咬”的其中一个音响上，但离窗户很远，他够不着。

罗莎的充电器丢了有一段时间了，她自己也不知道是怎么弄丢的。他一直让她买个新的，她嘴上答应，却一直用着他的，而且总是忘了还。于是现在他没法打电话了，既不能通知罗赫略和达玛丽斯，也不能联系罗莎。

“该死的，”说完，他用尽全身力气，恼火地大喊，“罗莎——！”声音中带着一丝颤抖。

没有人回答。

他很生气，转过轮椅，用力将前进的按钮按到底，径直朝悬崖而去。从他的视线望去，只能看到花园里的草和天空很小的一角。他让轮椅全速向前，但也并不快。马达的嗡嗡声像大黄蜂似的，盖住了“伦巴，是，棍子咬”的歌声。

有一次，他看着地平线远处的一艘大货船出了神——他从来没见过那么大的货船，一时没有及时停下轮椅，导致一个前轮滑出了悬崖。有那么一瞬间，轮椅似乎保持住了平衡，但很快它就翻倒了，连带着他顺着斜坡滚了下去。那一处悬崖有三十多米高，非常陡峭，长满了灌木丛。轮椅倒了，压在他身上，他头朝下又滚了几米，撞上了一棵椰李树。椰李树的枝干和根部很粗壮，承受住了他和轮椅的重量。

罗赫略当时正在花园里干活，没过多久他就意识到发生了什么。他先将轮椅拿开，然后抱起了他。一根粗树枝插进了他的肩膀，他的脸、胸部和手臂满是擦伤。

从那以后，他就很留意要及时刹停轮椅。悬崖边有一棵柠檬树，到那儿之前，他就得松开前进按钮。尽管他的动作并不迅速，但只要他想，还是能做得很精准。

在经过柠檬树时按下刹车键，轮椅就会在离悬崖边还有一段距离的地方停下来。

海浪很大，涨起的潮水淹没了海湾这一边的沙滩，浪花在石壁上绽开。他们没有独木舟，所以罗莎只能在退潮时走路穿过去。距离上一次退潮已经过去至少两个小时了。

他不知道自己睡了多久，也不知道上一次在花园里看见罗莎是多久以前的事。他估计不会超过三四十分钟。那时应该是涨潮期，所以罗莎没法去村子里。想到罗莎还在附近，他平静下来。

海湾另一边坐落着村里建得最早的几间茅屋，几个赤裸着上身的孩子正在玩耍。远处，海上乌云密布，预示着大雨的到来。他的耳边只有大海的怒吼。

“伦巴，是，棍子咬。”他靠近房子，耳边又传来那歌声。罗莎还没回来。他又绕着阳台转了一圈，找到了房子后面通向小河的那条路。

老屋那一侧建好以后，他在罗赫略的帮助下在小河边建了一圈墙，想在夏天储水。现在，这里变成了一池可以游泳的活水，几乎有一米半深，好几米宽。罗莎可能正在那儿游泳。

对于坐在轮椅上的他来说，去河边的路并不好走，他好久没到这儿来了。小路是下坡路，两边长满了植物，又窄又暗。路面崎岖不平，布满了水洼、石头、树枝和伸出地表的粗壮树根，他不得不小心翼翼、不快不慢地往前行进，保持轮椅的平衡，不让它卡在路上。

“伦巴，是，棍子咬。”歌声越来越远了。他隐约能听到歌声停止，然后又重新响起。这时他的耳边只有雨林里嘈杂的声音。小河离他很近了，前一天晚上没下雨，此刻的流水声又轻又静。

在小路尽头，雨林中的小河赫然显现。突如其来的光线让他目眩，但他还是一眼就看见了，那情景如同照片一般。罗莎并没有在水中游泳，她在水底，仰面朝天，一动不动。

看见溺水的罗莎，他心中充满痛苦，再也无暇顾及自己，此时，轮椅的一个轮子陷在了坑里。他就在河边，却什么都做不了。此时，轮椅翻倒在水面上，像电影的慢镜头一样，他缓缓落入水中，河水淹过了他的头顶。

现在，他身在水中，看清了那并不是罗莎。他以为的黄色睡袍是一块覆满黄色水藻的大石头，深棕色的嘴唇是一片枯叶，而雪白的头发只是一个破碎的塑料袋。

罗莎也不在小河里，他开始感到无法呼吸。他想象她在附近的雨林里迷了路，对身边发生的一切浑然不觉，甚至意识不到自己已经迷了路。

在小河边时，他已经听不见屋里的音乐了，现在，他淹没在水中，轮椅压在他身上，就更不用说了。但不知怎么的，他脑海中响起了那首歌，他突然明白了歌词的意思，他想，要是罗莎知道他对歌词的误解有多深，肯定会笑个不停。歌词是“坟墓是给死人的，而我还活着”①。

他甚至还听懂了歌词中的讽刺意味。

① 原文为“Las tumbas son pa'los muertos y de muerto no tengo na”，出自波多黎各著名歌手、作曲家伊斯梅尔·里维拉（Ismael Rivera，1931—1987）脍炙人口的歌曲《坟墓》（“Las tumbas”）。“La rumba, son, palo muerdo”（伦巴，是，棍子咬）为谐音。

秘密花园

罗莎坐在雨林中的一个树桩子上，定睛看着像窗帘一般蔓延的灌木丛。几只蚊子趁机向她发起了攻击。

和其他会围着猎物绕圈的蚊子不一样，这种蚊子会直接对猎物发起进攻。它们成群出动，被叮的地方痛得像被针刺过一样。

罗莎全身都被蚊子叮了。脸上、胳膊上、脚上，蚊子甚至透过衣服和头发叮她，她却浑然不觉。

达玛丽斯教过她如何区分各种蚊子和雨林里的其他吸血动物。达玛丽斯只上到小学二年级，但她知道的东西比罗莎在中学、在大学社会学系和为取得另外两个硕士文凭所学的东西更有用。

罗莎也没发现她的手机从睡袍的口袋里掉出来了，淹没在地上床垫般又宽又软的枯树叶堆里。那是个老款黑色手机，按键密密麻麻。

基恩叫这个地方秘密花园。

在他们还没动工建老屋的时候，基恩就发现了这个地方。那天，他到处走着，想找一根长棍子，罗莎已经忘了他为什么要找长棍子了。他喜欢这个地方，因为它藏在一片草木丛之后，被翠绿繁茂的植物包围着。于是，他开始动手设计，想把这里变成一座花园，栽满雨林里的热带花朵，放置天然材质的家具和吊床，将它打造成一个用来读书或休息的完美空间，一个只有他们俩才知道的秘密空间。一方远离一切的小天地，在他们搬来的这个远离世俗之地中。

于是，他满怀热情地动起手来，和他每次开始一个新项目时一样。

他清除了茂盛的杂草，这可不是什么简单的工作：有杂乱的蕨类植物，有可以刮伤皮肤的带锯齿的杂草，还有一些寄生植物，必须连根拔起，否则它们会继续从大树身上汲取养分，只会越砍越茂盛。

之后，他从屋子另一侧拖来一段巨大的树桩，那棵树原本长在电缆附近，电力公司不得不把它砍掉。他把树桩放在树下当作板凳，这比清理杂草难多了，不是随便哪个人都能干完的。

基恩就把它晾在那儿了，不是因为他的病——他的病症很久以后才出现，而是因为他做事总是这样虎头蛇尾。比如水池边上的观景台，只建了水泥地基；从雨林里砍来的树枝，本是用来撑起凉棚的，却从来没有发挥出应有的用处；由凉棚那堆树枝和被遗弃的树桩划定的小路，永远到不了原定的目的地；被大风刮倒的树干，他原本想打磨成独木舟，用来种植作物，最后却在风吹日晒中腐烂；还有他们根据圣奥古斯丁和北美部落图腾设计的战士雕像，原本应该摆放在门口保护家宅，彩色图案和设计却始终停留在图纸上；还有那扇原本想装在新屋那边、现在却只有一个门框的吊轨门，没有盖子的衣箱，还没抛光的书桌，书房墙上的搁板（最后还是罗莎自己动手打磨和上色的），没有抽屉的床头柜……三天三夜都数不完。

现在，只有罗莎一个人还会来秘密花园，但她也不常来了。许多年过去，花园变得阴森：被修理成排的灌木乱作一团，地上的深色树叶积了厚厚一堆，被当作板凳的树桩正在腐烂，野草一次又一次地冒出头来。

如果罗莎随身带着砍刀，一把轻便的短刃砍刀，她会把野草都割掉。但她今天没有带刀。走进花园时，她的手臂碰到了一枝蒲苇，留下了像被猫咪抓伤的痕迹。

被蒲苇擦伤的人不会立刻感到疼痛。有时人们甚至不知道自己被擦伤了，过了好一会儿发现伤痕时，人已经走远，身边根本没有蒲苇。

罗莎的伤口开始疼了。

被蚊子叮咬的无数地方已经变红，本应开始发痒，她却仍像石头般一动不动。

天空开始下雨，豆大的雨点落到她的身上和石头上，她这才回过神来。

她拍死一只叮在脖子上的蚊子，挥动双手驱赶身边的其他蚊子，挠了挠双腿和手臂，这才发现手臂上的擦伤。

尽管有些疼痛，她并没有放在心上。

接着，她站了起来。地上的手机被厚厚的枯叶埋住，而她浑然不觉。

她没去游泳。她穿着黄色睡袍，光着脚，头发凌乱，脸上夸张的妆容让她看上去像个杂耍演员。一滴雨落到她的眼角边，顺着脸庞滑落，留下一条黑色的痕迹。

她踏上了回家的路。

她离开秘密花园，沿着小路朝悬崖走去，小心翼翼地避免碰到路上的蒲苇。天空和大海都灰蒙蒙的，像是被人用橡皮擦擦过，让人分不清界限。但她并没有停下欣赏这忧伤的景象，因为她的脚边生长着脚踝高的荆棘，地上还有落叶，她要留意脚下，以防被树叶和荆棘弄伤。

她走到屋子前的花园时，刚刚还只是零星落下的雨下得更大了，砸落在她全身。在倾盆大雨到来之前，她爬上门口的斜坡，走进了屋子。

屋里正播放着伊斯梅尔·里维拉的《坟墓》。

大学毕业后，她参与了一系列值得称道但报酬微薄的市内贫民区项目。后来，她进了一家跨国广告公司做市场营销助理，创意总监毛里西奥很欣赏她。三年后，他创办自己的广告公司，邀请她当了合伙人。

《坟墓》曾经风靡一时，她常听着这首歌跳莎莎舞。那时，她才三十三岁，却已经背叛了自己的理想，对她来说，加利这个城市就像监狱。

现在，罗莎只想听雨声。

她径直走到书房，关掉音乐和电脑。突然，她的动作定住了，看向墙壁木板的眼神变得迷茫，就像在秘密花园时一样。

当她回过神来时，已不知过了多久，她觉得口渴。

她来到厨房，想倒杯水喝，却在吧台上发现了一瓶烈酒。她把它从柜子里拿出来，本是想带到秘密花园去的，却落在这儿了。

她总是记不住事：忘了洗澡，忘了洗内衣（她已经好几天没找到干净的内裤了），忘了人们的名字，忘了带工具，忘了要吃什么，忘了今天是星期几和几月份，忘了手臂上的擦伤是怎么来的，甚至忘了她为什么要到厨房来。

她没有倒水，而是打开了酒瓶。然而，喝酒之前，她突然意识到，在秘密花园时她不需要喝酒，现在她也不需要。

这让她很惊讶。

在毛里西奥的广告公司工作的那段日子是她人生中最沮丧的时期，那时的她还只在派对上喝酒。

到雨林生活后，大概是建新屋的那段时间，她真正爱上了喝酒。那时候，基恩的身体很好，有时也会和她喝上一杯，但随着他的身体越来越差，他就不再喝了。基恩是爱尔兰人，对喝酒司空见惯，即使罗莎整天不离酒瓶子，他也从来不过问。她想，在某种程度上，基恩的态度让她的酗酒更加严重了。

她一口也没喝，将酒瓶的盖子盖上，放回柜子。

就像忘掉其他东西一样，她也在慢慢忘掉喝酒的习惯。

她的奶奶失忆之后，罗莎曾想过，遗忘就像一个人将自己身上的外壳一件件剥下。

也许她现在就在剥掉自己身上的外壳。

剥掉酗酒的外壳，她会变成四十多岁时的她，那时她刚结婚，和外国丈夫住进了雨林里。剥掉刚到雨林的四十多岁的外壳，她会变成生活在加利的抑郁的职业女性，广告公司的合伙人。剥掉合伙人的外壳，她会变成满腔热血、带着点嬉皮士调调的女大学生。再之前，是一个笨拙的少女，一个瘦弱的、不和陌生人讲话的害羞女孩，一个长着大眼睛的婴儿，一个在母亲的肚子中毫无知觉地漂浮着的胚胎，以及最初的，一片虚无。仿佛她与世界毫无关系，从未存在。

也许，她并没有逐渐忘记喝酒的习惯，也没有剥掉身上的这些外壳，只是雨声掩盖了世界的一切喧嚣，而她需要的仅仅是独自一人在厨房里，听着雨点落在屋顶上的声音。

厨房在老屋这一侧。

他们首先建起的是一个四平方米的小房间，也就是现在的书房，他们在这个小房间里睡觉、做饭，干活用的工具也堆在这里。之后建了厨房和环绕着它的阳台。最后，他们建了门廊（现在装上了轮椅专用的小斜坡）、一个小工具房，还有后来他们睡觉的小阁楼。

那时，他们会到屋外洗澡，有时候就在雨中洗澡。他们住的地方很小，并不舒适，装修的木屑弄得到处都脏兮兮的。他们每天都很累，浑身酸痛，但在罗莎的记忆里，那是她生命中最快乐的时光。

现在，基恩只在新屋那一侧活动，因为他的轮椅太大，进不了老屋的门。于是，老屋就成了她的专属空间：在他们两人的秘密花园中，一个只属于她的秘密花园。

雨下得更大了，宽大的屋檐并不管用，雨水打进了屋里。

罗莎一扇扇关上厨房和书房的门窗，它们是用精致、密实的深色木材制成的，是基恩为数不多真正完成的作品之一。也许是因为他们当时刚到这儿，基恩想试试自己的手艺。他精准地测量了尺寸，还在缝隙间加了封条，以防雨水渗入。但大雨倾盆时，雨水还是会渗进屋子，弄湿屋里的东西：枕头，床垫，厨房里的抹布，袋子里的餐巾，装在罐子里的盐、面粉和糖，衣柜里的衣服和抽屉里的东西。

在这片雨林里，几乎每天都会下雨，有时候还会连续下好几天。

有一次，在他们做厨房的收尾工作时，连续下了七天雨。有时，雨势会变小，让人以为要停了，但过一会儿或几个小时后，雨又会倾盆而下。

即使在不下雨的日子里，雨林似乎也总是被一片水汽笼罩着。

如果不算没有盖子的衣箱、没有抛光的书桌、没有完成的工具房和天花板，老屋算是完工了。屋顶的横梁和石棉瓦都暴露在外，为这一侧营造出一种乡村风情。建成的时间太久，地板已经开始剥落，需要重新上漆了。但在罗莎眼中，这样的地板就像风化的石头一样，有着别样的美感。

相反，新屋一侧停留在了未完成的一片灰色之中。屋里大部分的门、几扇窗户和天花板都还没装上，工具房也没弄好，粗糙的木地板像是刚被锯开的一段段木块，每块之间的缝隙还没填上，墙壁光秃秃的。家具也很简陋，卧室里只有一张床和缺了抽屉的床头柜，客厅摆着罗赫略帮忙做的难看的架子，来摆放他们收集的贝壳和石头。

建新屋的过程中，基恩开始说自己的左手臂疼。但因为他一直很忙碌，罗莎以为是干活累的，没怎么在意。直到某个周日，他们在柴火灶上煮豆子时，她看见他赤手拿着烧红的炭块。

“你在做什么？”她大吃一惊，问道。

他转过身来，手里仍然拿着炽热的炭块。

“我不知道，”他说，似乎这是世界上最自然不过的事了，“我什么都感觉不到。”

他的手感觉不到炭火的温度，却被烧伤了。

医生给出的诊断结果非常可怕：一种慢性复合硬化症，会不断恶化，而且无法治愈。罗莎永远忘不了诊断书上那两个直白的词。不断恶化，无法治愈。

那时还没有现在的药物，基恩的病情发展得很快。

他们终于把新屋收拾得可以住人了，基恩却不能再干活了。他们雇了达玛丽斯和罗赫略来帮忙，一开始只在有需要时才叫他们过来，后来变成了每天都来。

八年后，基恩坐上了轮椅。

那时，罗莎心中充满愤怒，她甚至想过，基恩的病就是对他那虎头蛇尾的性格的报应。

现在，她走出书房，顺着连通两侧屋子的走廊进入新屋一侧，穿过客厅，走进卧室。她以为基恩会在房间里，坐在轮椅上，支撑不住的头耷拉在肩膀上，因而当她发现他不在时，她很惊讶。

轮椅是电动的，基恩的手指还能活动，他可能坐轮椅去别的地方了。他喜欢坐在面朝花园的窗户边。

罗莎觉得基恩应该不会在屋外，但她还是把头伸出窗外看了看。基恩果然不在外面。雨水让窗外的世界变得灰蒙蒙一片，已经看不见大海和天空了，雨滴随着大风四处飘落。罗莎感觉到落在脸上的雨点，冰冷而锋利，像钢刀似的。窗边的地板被雨水浸透了，她关上了窗户。

她走回客厅，那里的地板也湿了。除了推拉门的门框，没有任何东西可以遮挡窗户。罗莎将黑色塑料布铺开。那是罗赫略留下的，给他们当挡雨的窗帘用。她又压了几块石头，以免风把塑料布吹起。

她去了浴室，基恩不在那儿。

她朝后院望去，基恩也不在那儿。

她不知道他会去哪儿。

“基恩，”她知道他不在屋里，但还是大声地喊他的名字，“基恩！”

如果基恩在屋外，他应该有足够的时间赶在雨势变大前回来。

以前他会在屋前的花园里看海，一看就是好几个小时。但有一次，他的轮椅翻了，他顺着悬崖滚下去好几米。没多久罗赫略就把他救回来了，身上只有几处擦伤。但从那以后，他几乎不再到屋外去了，即便出去，也不再走远。

天色很暗，如同夜晚一般。狂风与雨水像海浪一样袭来，将屋顶吹起，又狠狠摔下。响声过后，罗莎听到远处传来长长的雷声，就像美洲豹的低吼。

罗莎的脑海中浮现出基恩在屋外的样子，他的轮椅可能陷在坑里，被树根、石头或任何什么其他东西卡住。他的头抬不起来，浑身湿透，在雨中瑟瑟发抖。或者他可能又从悬崖边滚落，雨水灌入他的耳朵，泥土埋住了他，而这次，罗赫略也救不了他了。

当她发现还有比这些想象更糟的可能性时，她惊慌失措：如果基恩已经不在了，如果他几天前、几个月或几年前就死了，而她把这事忘了呢？

她吓坏了，跑遍新屋的每个角落，寻找基恩存在的证据。

她看见基恩轮椅的颈枕就放在他那一侧的床上，按摩的精油和药瓶摆在床头柜上。她看见几个她收藏的贝壳掉在客厅地板上，其中有个缺了一角的六角海螺壳，她不知道这预示着什么，是好兆头还是坏兆头，或者什么也不是。她看见基恩的衣服挂在衣柜里，有衬衫、裤子，抽屉里有他的睡衣、袜子和内裤。她还看见他的牙刷和剃须膏在洗手台上，抽水马桶上是他的书。

基恩的东西都在。

只有他和轮椅不在了。

罗莎无法平静下来。他的东西还在并不意味着他没死。也可能他死了，但她没有勇气清理他的东西，因为她并不会为不用再照顾一个瘫子而感到释怀，反而觉得悲痛、自责和愤怒。

她抬头看着镜子，想从镜中的脸上找出这些情绪的蛛丝马迹，但她看到的是她最恐惧的脸——她奶奶的脸。一个头发花白、凌乱，浓妆艳抹的老妇人，一个怕别人看见而被锁在家里的疯女人。她被绑在床上，这样就不用人跟在她后面到处乱跑，时刻提防她把自己弄伤。最后，她被扔在客房的一张垫子上，蜷缩着，嘴巴大张，手臂和双腿上的皮肤松松垮垮。

罗莎苦恼地翻着睡袍口袋，寻找手机，想给达玛丽斯打电话。达玛丽斯就是她的现实，能告诉她为什么基恩不在了。

哎，罗莎夫人，您怎么忘了呢，达玛丽斯可能会说，昨天，基恩先生和罗赫略一起去城里看病了呀。

手机不在口袋里。她知道，接下来她一定会拼命把家里翻个底朝天，就像上次她的手机不见时一样，几天后才在冰箱冷冻层里发现。

但她什么都没做。

罗莎一动不动地站在镜子前，迷失在自己的镜像中。

在她的脸后面，有一个只有她才能到达的遥远的点，突然她发现自己又回到了那浓重的虚无之中，消失不见。屋外正下着倾盆大雨，如世界末日一般，她的丈夫杳无踪影。

看，我想到你了

看，我想到你了。她会这么对他说。

照片中，坐在轮椅上的老头嘴巴扭曲，脖子歪斜，双手蜷曲，似乎想把自己拧成一团。

他有一头白发，但能看出曾经是金黄色的。他一定是个外国人，来自欧洲或某个说英语的国家。一想到胡安·巴勃罗看到这段文字和这张照片后的神情，保利娜就感到无比快意。

问题在于怎么才能拍出这张照片。

她不会上前跟那个老头说，嘿，先生，打搅您了，我想给坐在轮椅上的您拍张照片，对，就这样，瘫着的，不不不，您别担心，您不用坐直，也不用微笑，而且不管您怎么做，您脸上的表情都不像笑容。

而保利娜脸上的笑容是真切的。一个短暂的、不经意的微笑。她的朋友马尔赛拉没有看到这个笑容，因为她正看着小船和大海,看着码头上忙碌的人们。没有海风，也没有太阳，湿热的天气几乎要让她们窒息了。那是一个不合时宜的微笑，即便保利娜想要掩饰，也无法将这笑容抹去。

轮椅上的老头和一个如巨怪般身材高大的黑人在一起。所有有轮子的东西——装满行李和货物的手推车、自行车、摩托车——都可以从那个斜坡上推下来，但黑人并没有向前推动轮椅。他搬起那把配有马达和靠枕的豪华轮椅，轻而易举地将轮椅和坐在上面的老头搬下台阶，仿佛一切都是塑料泡沫做的。

保利娜将手放在包里的照相机上。她没有把照相机拿出来，因为她有点害怕那个黑人，他看上去似乎什么都做得出来，好像随时会用机关枪杀死所有人。如果那个黑人走开，如果他背对她几秒钟，或是跟别人聊天分散了注意力，比如和那个跟他们打招呼的瘦得像木棍一样的女士聊天，保利娜就可以在那一瞬间取出照相机，按下快门。她会给这个瘫痪的老头拍几张正面照，可怜的家伙，你看，你以后也会变成这样的，你这个婊子养的，狗屁胡安·巴勃罗。

保利娜脸上的笑容忽然消失了。

她想起刚认识胡安·巴勃罗时，她对自己说，这个人值得托付一生，她向自己保证不会做任何疯狂的举动。上一段感情的失败让她深感疲惫，这次最好还是慢慢来，不要着急。

于是，在她的生命中，她第一次像个正常人一样谈恋爱。

她没有在他们第一次去酒吧时就在他耳边低语，没有用那蜜糖般的声音轻柔地说“我想尝尝你”。她没有在第一次接吻时就突然紧紧地抓住他，将他推到角落，也没有把他带回自己的公寓，更没有在客厅的沙发上张开双腿，一边用婊子般淫荡的表情看着他，一边自慰。在胡安·巴勃罗踏出第一步前，她什么都没有做。

在一起三个月后，他对她说，保利娜，我想，我们是认真想在一起的。听到这话，她的心怦怦直跳，她用蜜糖般的声音轻柔地说，你说真的吗？胡安·巴勃罗缓缓地点了点头，闭上了双眼。但我有件事要告诉你，他说，然后把自己的病情告诉了她。

一开始，保利娜只觉得生活很不公平，狗屁，为什么在她唯一一次毫无差错地恋爱时，偏偏他要生病呢？她想哭，想发怒，但是她不能，因为她内心深处那蜜糖般的声音正轻柔地说，对她来说，他这种状况的男人多完美啊，你瞧，保利娜，这家伙永远不会离开你的。

就这样，她以为找到了永恒的爱情。

但只要她犯一个小小的错误，两个月后再犯一次错误，就足以让严厉得军校模范生似的他下定决心和她分道扬镳了。

第一次犯错发生在一家车房汉堡店。

那天，他们刚看完一部电影，汽车啊爆炸啊，糟透了，她一点都不喜欢，肚子都饿扁了，头还疼，走出影院后她仍然觉得耳边的一切都在轰鸣，好像她仍然留在了影厅里。

他们各自点了汉堡，她反复强调自己的汉堡里不要放洋葱，和她在每一家餐厅里点每一道菜时对服务生要求的一样。长着青春痘、染过的头发像稻草一样的二十来岁的服务生说他明白了，不用担心。上菜的时候，那个傻蛋却给她拿来了一个塞满洋葱的汉堡。煮软了的、透明的洋葱。咬下第一口时，保利娜就察觉了，她差点呕吐。出于本能，她把嘴里的食物吐了出来。她叫回还没走远的服务生，指着汉堡对他说，我不是告诉过你不要洋葱吗？我不是说过了吗？大傻蛋！

服务生看着她，不知如何是好。而胡安·巴勃罗，这个对那部愚蠢的电影情有独钟的人站了起来，对她说不能这么对待别人。接着他在桌上留下几张钞票，坐上了一辆刚把一家人（妈妈、爸爸和两个跟服务生一样长着青春痘的少年）送到这里的出租车。胡安·巴勃罗甚至没动他的汉堡。

保利娜花了一周时间才说服他接听电话，又苦苦哀求他一个多月，告诉他那是一个意外的错误，都怪电影、饥饿和头疼，她保证以后不会再发生这样的事了。我向你发誓，胡安·巴勃罗，那天的那个人不是我，我也不知道自己怎么了。花了一个多月的时间啊，她才让两人的关系恢复如初。

第二次犯错发生在她的公寓。

深夜一点。马尔赛拉和她的男朋友刚刚离开，他们四个人喝了两瓶酒，胡安·巴勃罗请她帮忙叫一辆出租车。你不留下吗？保利娜问道。胡安·巴勃罗说不，第二天早上他还得陪他爸爸去银行。而她就像没听到似的，亲昵地靠近他，在他耳边用蜜糖般的声音轻柔地说，我想尝尝你。宝贝儿，我得走了，他说。她抓住了他的裤裆。不，宝贝儿，他一边说着，一边往后退。保利娜向前，试图拉开他裤子的拉链，但他坚定地按住了她的手，看着她的脸说，我说过不要了。你真的要走吗？是的。你这个婊子养的。什么？婊子养的，混蛋，你来了，撩拨了我，现在你倒想走了，晾下我自己。

保利娜疯了，开始扔东西。她把一个空瓶摔碎在地板上，还把纸牌扔在地上。等她回过神来，胡安·巴勃罗已经走了，她蜷缩在门边，哭得停不下来。

两周后，他接听了她的电话，只是为了告诉她不要再给他打电话了，他们之间没有可能了。对不起。我原谅你。不会再发生类似的事了。不，不会再发生了。你真的要和我分手吗？真的，保利娜，你不要再坚持了。你不能和我分手！嘟嘟嘟。你这个婊子养的！

把胡安·巴勃罗介绍给她的马尔赛拉说，走，我们去我阿姨在太平洋海岸边的别墅度假吧。于是，在一个周六，她们穿过山脉，来到了这个码头，等着快艇载她们去目的地。

有人说，嘿，罗赫略，好家伙，好久不见。那个高大的黑人回过头，和叫他的人打招呼，那也是一个黑人，高大却不那么壮实。保利娜趁机从包里拿出照相机。咔嚓。一个坐在轮椅上饱受病痛折磨的老头。

保利娜的脸上又浮现出笑容。

看，我想到你了。她会在照片上写下这句话，一个“你”字让语气如蜜糖般轻柔和甜蜜。

图书在版编目（C I P）数据

雌犬 / （哥伦）皮拉尔·金塔纳著；陈超慧译．--海口：南海出版公司，2023.11
ISBN 978-7-5735-0521-7

Ⅰ．①雌… Ⅱ．①皮… ②陈… Ⅲ．①短篇小说－小说集－哥伦比亚－现代 Ⅳ．①I775.45

中国国家版本馆CIP数据核字(2023)第053041号

著作权合同登记号 图字：30-2023-055

雌犬
〔哥伦比亚〕皮拉尔·金塔纳 著
陈超慧 译

出　　版　南海出版公司　(0898)66568511
　　　　　海口市海秀中路51号星华大厦五楼　邮编 570206
发　　行　新经典发行有限公司
　　　　　电话(010)68423599　邮箱 editor@readinglife.com
经　　销　新华书店

责任编辑　侯明明
特邀编辑　张梦君　杨　初　刘丛琪
营销编辑　王　靖　柳艳娇
装帧设计　韩　笑
内文制作　贾一帆

印　　刷　山东韵杰文化科技有限公司
开　　本　850毫米×1168毫米　1/32
印　　张　5.5
字　　数　77千
版　　次　2023年11月第1版
印　　次　2023年11月第1次印刷
书　　号　ISBN 978-7-5735-0521-7
定　　价　49.00元